天才王子の
赤字国家
再生術
II
そうだ、
売国しよう
JN131291

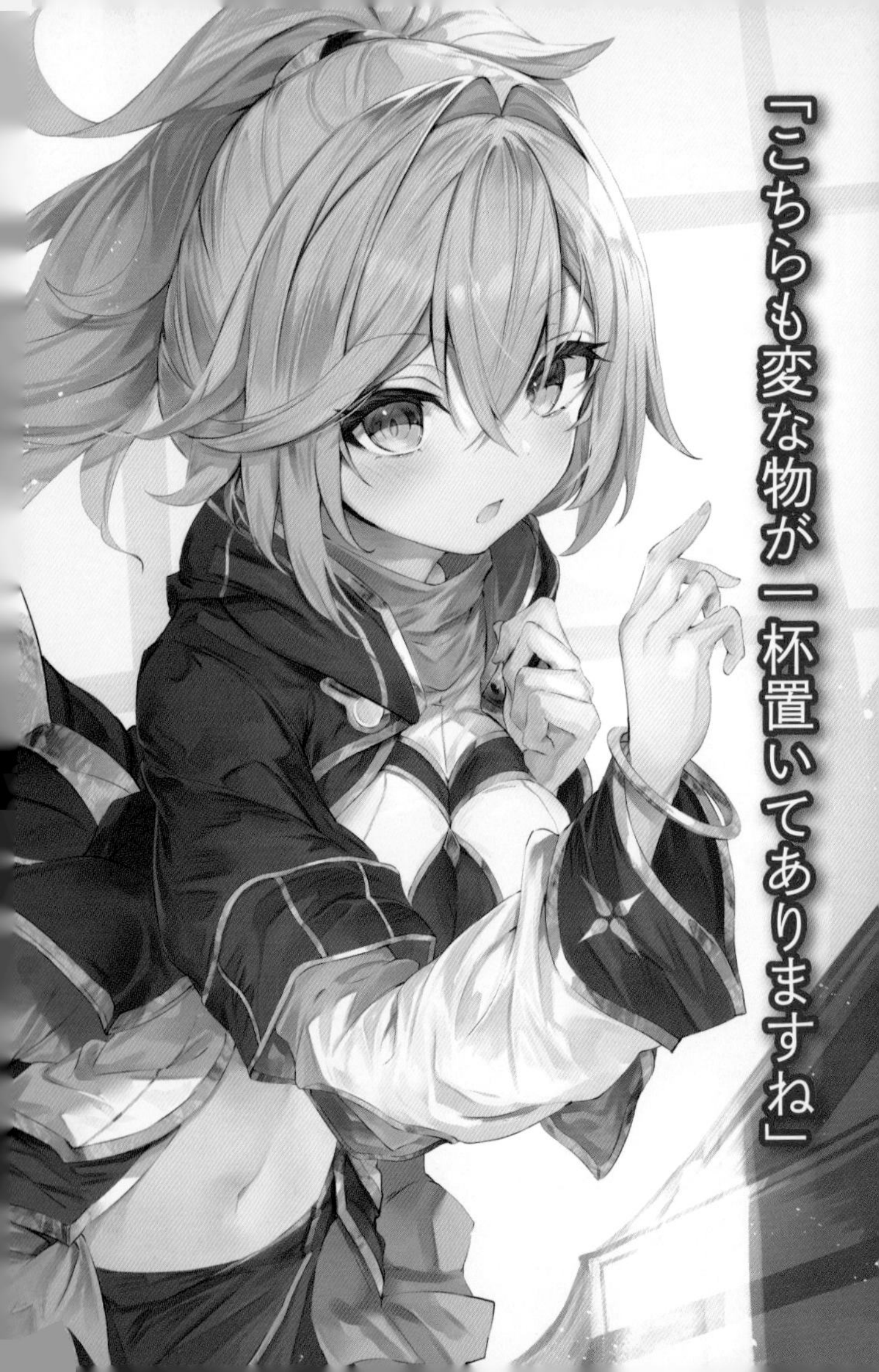
「こちらも変な物が一杯置いてありますね」

部屋に入ったロウェルミナは、
物珍しそうに室内を見渡した。

『ねえナナキ』
「俺に聞くな」

『……まだ何も言ってないんだけど』
「言わなくても解る」

帝国皇女
ロウェルミナ
マンフレッド陣営
ストラング
激突するかつての仲間達
帝位争奪戦！

ナトラ王国
ウェイン
バルドロッシュ陣営
グレン
ニニム
騒乱の帝国で
最終盤の

CONTENTS

Prince of genius rise worst kingdom

YES,treason it will do

第一章
そうだ、女帝になろう

第二章
賽(さい)は投げられた

第三章
ストラング

第四章
グレン

第五章
ウェイン

第六章
ロウェルミナ

エピローグ

天才王子の赤字国家再生術 11
～そうだ、売国しよう～

鳥羽徹

GA文庫

大陸東部地図

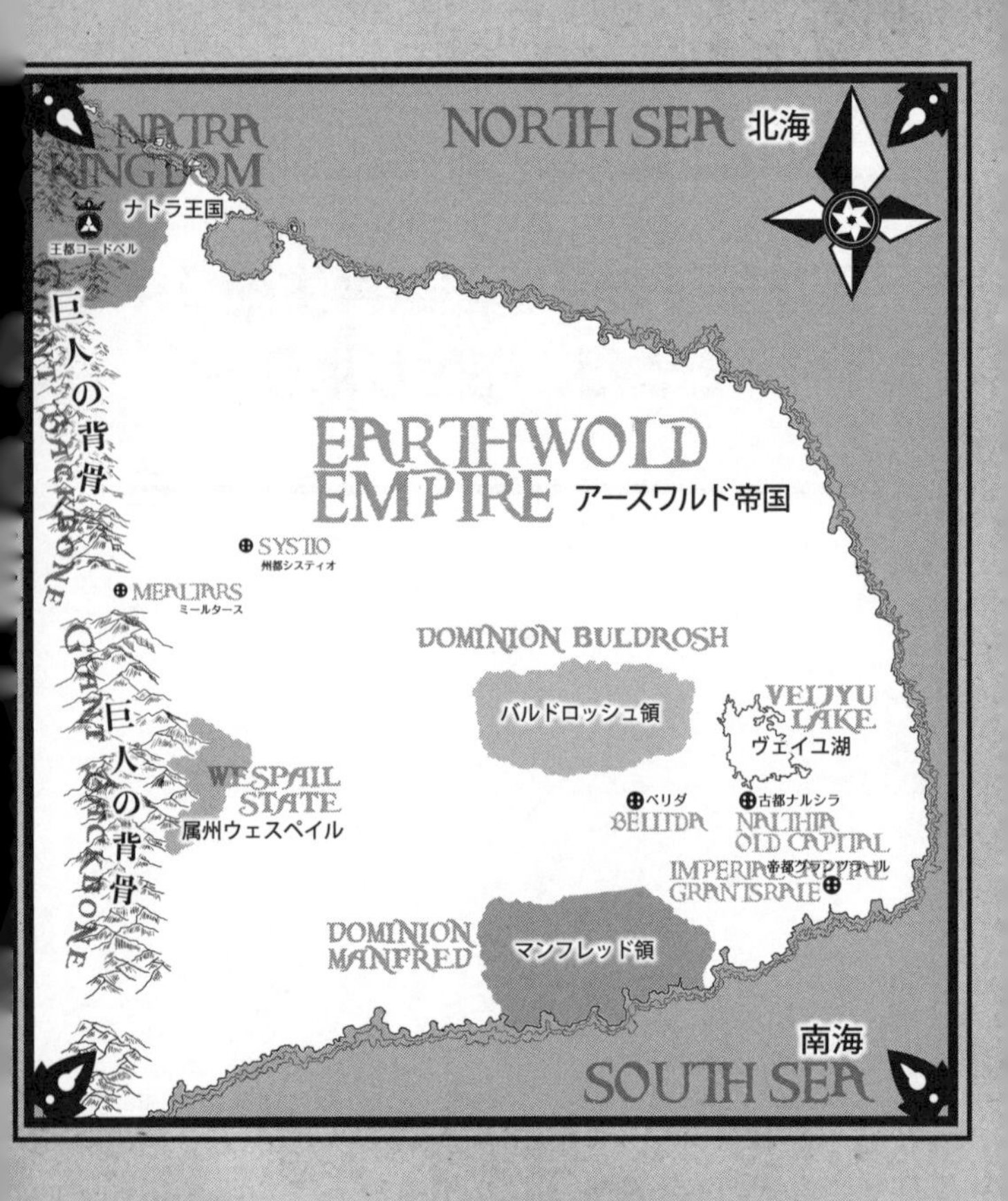
NATRA KINGDOM
ナトラ王国
王都コードベル
NORTH SEA
北海
巨人の背骨
GIANT BACKBONE
EARTHWOLD EMPIRE
アースワルド帝国
SYSTIO
州都システィオ
MEALTARS
ミールタース
DOMINION BULDROSH
バルドロッシュ領
VEIJYU LAKE
ヴェイユ湖
巨人の背骨
GIANT BACKBONE
WESPAIL STATE
属州ウェスペイル
ベリダ
BELLIDA
古都ナルシラ
NALTHIA OLD CAPITAL
GRANTSRALE
DOMINION MANFRED
マンフレッド領
南海
SOUTH SEA

登場人物紹介

ウェイン

大陸最北の国、ナトラ王国で摂政を務める王太子。持ち前の才気で数々の国難を切り抜けた実績を持つ。

ニニム

公私にわたってウェインを支える補佐官にして幼馴染、そして心臓。大陸西部で差別を受けているフラム人。

ロウェルミナ

帝国皇女。史上初の女帝を目指す女狐。学生時代にはロワという偽名でウェインたちと楽しく過ごしていた。

グレン

ウェインの帝国留学時代の友人。剣一筋。バルドロッシュ皇子の陣営に武官として与している。

ストラング

ウェインの帝国留学時代の友人。陰険眼鏡。マンフレッド皇子の陣営に参謀として与している。

ケスキナル

変人の異名をとる帝国宰相。帝位を巡る皇子たちの争いには干渉せず、中立の立場を保っている。

バルドロッシュ

帝国の第二皇子。軍事に明るい武断派。ファルカッソ王国軍の奇襲により敗北し、勢力を大幅に減らした。

マンフレッド

第三皇子。弁舌に優れ、将来の恩賞を約束して属州の支持を得ている。バルドロッシュと同様勢力を減じた。

第一章　そうだ、女帝になろう

夏。

太陽の輝きは最高潮を迎え、大地は色鮮やかな草花で染め上がり、野を駆け回る動物たちの足取りすら弾んでいるように見える季節。

本来ならば動物たちと同様に、人もまた天地の陽気を浴びて活発になる時期なのだが――

しかしながら、今年の彼らは普段と様子が違った。

それは予感だ。

根拠はない。なぜそう感じるのかも解らない。しかし――何か大きなことがもうじき起きるという、漠然とした予感。それが大陸の人々に蔓延（まんえん）していた。

そして恐るべきことに、彼らの予感は的中していた。

アースワルド帝国首都、グランツラール。

文化と人種の坩堝（るつぼ）たる都市。他国を侵略して取り込み続けた帝国の象徴ともいえるその場所で、今まさに歴史に残る特別な夏が始まろうとしていた。

◆◇◆

「忙しいところ、急に呼び出して申し訳ありません」

鈴を転がすような声を発したのは、一人の少女だ。

金色に輝く見事な髪と、涼やかな瞳（ひとみ）。健康的な肢体と伸びた背筋は、彼女の育ちの良さを如実に表している。

それもそのはず、この少女こそ帝国随一の貴種。すなわち帝国第二皇女、ロウェルミナ・アースワルドであった。

「もう少し余裕を持って連絡をしたかったのですが、何分こちらも立て込んでいまして」

彼女が居るのは帝都にある宮殿の一室だ。支配者たる皇帝と、その一族だけが住まうことを許された場所である。

そしてテーブルを挟んだ彼女の対面には、二人の人間が座っていた。そのどちらもロウェルミナと同年代の、年若い男である。

片方はいかにも武官といった風情（ふぜい）の偉丈夫で、格式張った服装を窮屈そうにしている。

もう片方は文官然とした細身の男で、その振る舞いからは高度な教育が感じられた。

一見すると正反対の二人だが、共通している点として、皇女を前にしても緊張や不安を抱いてはいないというものがあった。むしろリラックスしているようにすら見える。

だが、それもそのはずだ。

この場にいる三人は旧知の間柄なのだから。

「二人が私の招きに応じてくれたことを嬉しく思います。グレン、ストラング」

武官の男の名をグレン・マーカム。

文官の男の名はストラング・ナノス。

そしてかつてはロワ・フェルビスと名乗っていたロウェルミナ。

この三人は共に帝国士官学校で過ごした友人同士だった。

「正直に言えば、だいぶ迷ったのだがな」

ロウェルミナに応じたのはグレンだ。

「同じテーブルに着くには、今の俺たちは立ち位置に差がありすぎる」

「身分についてなら私は気にしませんよ」

皇族であるロウェルミナに対して、グレンは帝国下級貴族、ストラングは帝国に併呑された属州出身だ。本来ならば気軽に口を利けるような間柄でないのはその通りだろう。学生時代の友情を加味しても、躊躇ってしまうのは頷ける。

だが、グレンが言わんとしているところはそこではない。そんな友人の意を引き継いで、ストラングが口を開いた。

「もちろん身分の差もあるけれど……それ以上に、今の僕らはそれぞれ別の派閥に属している

わけだからね」

アースワルド帝国は、現在、皇帝の座を巡って三人の皇族――第一皇子バルドロッシュ、第三皇子マンフレッド、第二皇女ロウェルミナが争っている。

彼らはそれぞれ派閥を率いており、その中でグレンはバルドロッシュ、ストラングはマンフレッドの派閥に身を置いていた。

端的に言えば、この三人は派閥として敵対しているのである。

「そっちも私は全然気にならないんですけどね。公人としての位置と私人としての位置は全くの別物でしょう?」

旧い友情からくる気遣い――ではない。ロウェルミナは本心からそう思っている。

この割り切りぶりは一種の才能だが、とはいえ相対する二人の反応は渋い。

「そう簡単に分けられるものでもないだろう」

「仮に僕らが納得できても、僕らの周辺も同意してくれるかは別問題だしね」

派閥の長たるロウェルミナの招きに応じた別派閥の二人。傍から見れば内応と勘ぐられても仕方ない光景だ。もちろんこの集まりは秘密裏に開かれたものだが、もしも露見すればグレンとストラングの立場は無いだろう。

「ですがこうして呼びかけに応じてくれた以上、二人とも私と話し合う余地はあると考えたのでしょう?」

「まあその通りではあるのだがな」

グレンは苦笑いを浮かべた後、言った。

「それで、実際今日は何の用だ？　お互い、旧交を温めるなどと暢気なことを言っていられる身でもあるまい。まさかとは思うが、裏切りでも唆すつもりか？」

「もしもそうだと言ったらどうします？」

「「断る」」

異口同音にグレンとストラングは応えた。

ぶえー、とロウェルミナは不満げに唸る。

「もうちょっと考えてくれてもいいじゃないですか。現状の勝ち馬は私の陣営ですよ？」

ロウェルミナの言は誇張ではない。帝位争いが始まって数年、皇族たちは丁々発止の駆け引きを幾度となく繰り広げ、その結果として今のロウェルミナ陣営の勢いは頭一つ抜けていた。

そして帝位に就けるのが一人である以上、一度大きな差がつけば、これまで態度を保留していた人間も一斉に勝ち馬に群がるのが常だ。その結果、彼女の派閥は更に力を付けている。勝てそうという雰囲気が、より確実な勝ちを引き寄せるという好循環だった。

問題点をあげるのならば、ロウェルミナの覚えをよくしようと面会を希望する者たちが後を絶たず、毎日のように出来る長蛇の列を見てロウェルミナが呻いていることか。

（そういう連中からすれば、僕らの立場は恵まれてるどころじゃないんだろうけどねえ）

ロウェルミナ当人から招かれ、直々（じきじき）に陣営に誘われているグレンとストラング。二人が座っている席を金で買えるのであれば、人々はこぞって金貨を積むことだろう。

だが、周囲がそう思うからといって、当事者も同じ思いを抱くとは限らない。

「俺は一度バルドロッシュ殿下を主君と定めたのだ。そう易々（やすやす）と鞍替（くらが）えはできん」

「はー出た出た出ましたよ、野郎共の筋肉幻想（マッチョイズム）。忠義とかそういうのは勝ってる時にするオシャレでしょう？　乗ってる船が泥船になったのなら、さっさと見切りをつけて別の船に移るべきですよ。――まあ泥船にしたの私なんですが！」

「……」

ロウェルミナに怒るべきか呆（あき）れるべきか、あるいは力及（およ）ばなかった己（おのれ）の不明を恥じるべきか、グレンは深く悩んだ。

「ストラングもグレンと同じですか？」

「マンフレッド殿下には重用してもらってるけど、グレンほどの忠誠心はないね」

派閥の人間が聞けば激昂（げきこう）しかねない言葉を口にして、ストラングは肩をすくめた。この辺りの精神性は学生時代から変わらない。

ただし、と彼は続ける。

「殿下が即位した暁には、僕の故郷であるウェスペイルの自治権を約束してもらってる。これが揺るがない限り裏切りはちょっとね」

属州ウェスペイル。大陸を分断する巨人の背骨に面した帝国の属州であり、出身地であるこの自治権を得ることは、ストラングにとっての悲願だ。

「ウェスペイルですか。聞けばこんなご時世でも景気がいいそうですね。羨ましい限りです」

実質的な内乱である帝位争奪戦によって、人々は不安に駆られ、帝国全体の景気は落ち込み気味だ。そんな中で好調を維持しているとなれば、それは羨望の対象となるだろう。

「お陰様で。でも、だからこそ帝国はウェスペイルを手放したくない。貴重な財源だからね」

「……仮に私が自治権を約束したら、どうします？」

するとストラングは笑って言った。

「できもしないことを仮定したって無意味だよ、ロワ。ディメトリオ皇子の派閥にいた保守層、吸収したはいいけど扱いに手を焼いているんだろう？」

「うぐっ」

第一皇子ディメトリオ。かつて他の皇子たちと共に皇帝の座を争っていた人間だが、ロウェルミナとの政争に敗れ、今は地方で隠棲している。その後ロウェルミナはディメトリオの率いていた派閥を取り込み力をつけたのだが――保守的な彼らは革新的なロウェルミナと折り合いが悪く、今も微妙に溝ができていた。

ディメトリオ自身は属州の扱いに無頓着であったが、派閥の大部分を構成する保守層は属州の自治権など以ての外という考えだ。そんな中で、ロウェルミナが安易に自治権を約束してしまったら、両者の溝は決定的となるだろう。

そうなれば今のロウェルミナ派閥の好調ぶりにも暗雲が立ちこめる。それだけは避けたいというのが彼女の本音だ。

「どうにかしたいとは思っているんですが、私にも保守派にもメンツがありますから、なかなか歩み寄れないんですよねえ……」

そうぼやきつつ、ロウェルミナは続けた。

「まあいいです。元からこんな形で裏切ってもらおうとは思っていませんでしたし」

それは断られたことに対する強がり——ではない。言葉通り、ロウェルミナはここで二人に叛意(はんい)を促すつもりなど最初から無かった。

「私が裏切りを唆すなら、もっと容赦なく追い込みますよ」

そのことはグレンとストラングも理解していた。更には、もしも自分の派閥が勝っていて、同じように席を共にしたとしても、やはり自分が裏切りを唆すことはしないし、相手も頷(うなず)くことはないだろうという確信が二人にはあった。

なぜならば、

「そんな決着のつけ方じゃ、納得できなしいね」

この場にいる三人は、互いの能力を認めている。個人の武を伸ばしたグレン、戦術眼を磨いたストラング、政争にて手腕を発揮するロウェルミナ。方向性こそ違えど、それぞれがそれぞれの首に届きうる刃を持っている。

だからこそ――確かめたい。三人が全力でぶつかった時、誰が勝つのかを。

「まあ私が勝ちますけどね！」

屈託なくロウェルミナは笑う。対して二人は、むう、という顔をする。異論を挟みたいところだが、ロウェルミナ派閥と水をあけられているのは確かなのだ。

「というわけで、私が今日二人を呼んだのは他でもありません。友人として、そして貴方たちの敵として、一つ、宣言をするためです」

「宣言だと？」

「ええ。――グレン、ストラング、私はこの帝位争奪戦、じきに決着をつけるつもりです」

この言葉を受けて、にわかに二人の眼差しが鋭くなった。

「本気か？」

「もちろんですとも。これ以上時間をかけて帝国を弱体化させるわけにはいきませんから。そのための仕掛けも進めています」

「……そうだね、皇帝陛下の崩御から随分と時間が経った。いい加減終わらせたい、終わらせてほしい、というのは帝国に住む誰もが考えてることだろうさ」

先帝が病に倒れてからというもの、帝国は何も得ず、ただ疲弊する一方だ。隆盛を誇っていた時代はどこへやら。今は閉塞感すら漂っている。そしてだからこそ、ここで終止符を打つのだとロウェルミナは言う。

「あ、それと、私が女帝となった暁には二人は私の下についてもらいますよ。出奔とか絶対だめですからね」

「……まあ、俺が負けた場合は望む通りにしよう。死んでいなければの話だがな」

「ただ女帝になれたら帝国の人材は全て君の物だよ？　僕らを使う必要があるのかな」

「なーに言ってるんですか。人格と能力が信頼できる手札なんて超レアですよ。これをみすみす野放しにするなんて国家の損失です損失。まして内乱で疲弊した帝国を立て直さなくちゃいけないんですから、人手が余ることはありません」

そう、皇帝の即位は一つのゴールであるが、そこで帝国の物語が終わるわけではないのだ。ロウェルミナ以外の、バルドロッシュやマンフレッドが即位した場合であっても、帝国を復興させるという大仕事から逃れることはできない。当然グレンとストラングも、家臣として山積みの仕事を迎えることになるだろう。

ましてこの三人は、帝位争奪戦が終わった後の予定が控えている。

「……あっちをあまり待たせるのも悪いですからね」

ぽつりと漏れたロウェルミナの呟き。

それが何を指しているか、二人には考えるまでもなかった。

「今頃何をしているのだろうな、あいつらは」

「きっといつも通りだと思うよ。片方が悪いことを考えて――」

「もう片方が、文句を言いながらもそれを手助けするか」

「ええ。そんなところでしょうね」

共通の人物を思い、三人は小さく笑い合った。

「それこそが、ウェインとニニムですから――」

「……うん？」

その時、ナトラ王国王太子、ウェイン・サレマ・アルバレストは、不意に顔を上げた。

「おや、どうされました？　王太子殿下」

「いやなに、遠くで誰かに名を呼ばれた気がしてな」

答えながらウェインは視線を傍らへ。

そこに立っていたのは補佐官たるニニム・ラーレイだ。

（ニニム、なんか聞こえた？）

（いいえ特には）

白い髪と赤い瞳が特徴のフラム人の少女は、主君の目配せにある意を感じ取り、そっと頭を横に振った。彼女が言うのであれば、気のせいだったか、とウェインは納得する。

「王太子殿下の名声は今や大陸中に響こうというもの。御名を讃える市井の声が、風に乗って届いたのかもしれませんな」

「面はゆい限りだ。しかし私程度の名がそれほど広まっているのであれば、神を賛美する民草の声は、天を埋め尽くすほどであろうな。ユアン殿」

　ウェインの眼差しがニニムからテーブルを挟んだ対面へと向かう。

　彼らが今居るのは、ナトラ王国ウィラーオン宮殿の応接間だ。

　そしてウェインが相対するのは一人の青年。名をユアンといった。

　柔和な物腰でありながら、どこか油断ならないと感じるのは、錯覚ではないだろう。彼は大陸東部にて広く普及している東レベティア教の信徒であり、まさにその東レベティア教の使者としてナトラを訪問した人物である。

「殿下の仰る通り、神の膝元は我らの声で溢れておりましょう。そしてその一つ一つに耳を傾けられていることに疑いはありません」

「しかし足の踏み場もないのであれば、さしもの神とて困ってしまうのではないか？」

「なんの、神の器量を以てすれば、我らの声を一抱えにすることも容易でしょう」

　和やかに談話を続ける二人だが、言うまでもなく、ユアンは雑談するために遙々やってきたわけではない。東レベティア教の使者として、彼には役目が課せられている。

「――それでユアン殿、本日の用向きについてだが」

ウェインがそう切り出すと、ユアンは一呼吸置いた後、ゆっくりと頷いた。

「はい。事前にもお伝えしましたが、我が東レベティア教教主であるエルネスト猊下が、王太子殿下とお会いしたいと望まれております。是非とも一度、ご足労いただけないでしょうか」

大陸西部に広く根付くレベティア教。その分派となるのが東レベティア教だ。

分派だけあって、掲げる神は一緒で教義も似通っているが――組織構造という点で、レベティア教とは若干の差違があった。

レベティア教は聖王を頂点に、その下に聖王候補ともいえる選聖侯がついている。選聖侯の多くは王侯貴族などの権力者であり、俗世の権力と宗教がガッチリと結びついた形だ。

対して、東レベティア教は教主を頂点とし、その教主には教主候補から選ばれた人間がなる仕組みなのだが――この教主候補には、俗世の地位を持ってはならないという決まりがあった。

それがなぜかと言えば、

（東レベティア教発足の経緯が、選聖侯の都合で教義がねじ曲げられていることへの不満や怒りだからなんだよな）

レベティア教の最高幹部である聖王と選聖侯が、同時に俗世の権力者でもあるのだ。彼らにとって宗教は統治をしやすくするための道具でしかなく、自分たちにとって都合のいい教義の解釈や添削を行うことは、いわば構造的欠陥からなる必然と言えた。

(だからこそ、東レベティア教は俗世の権力者が指導者にならないようにした)

そういった下地があるためか、これまで東レベティア教の教主となった人間のほぼ全てが一般的な市井の出だ。高貴な出身の人間はむしろ敬遠されるという風潮すらある。

(エルネストも確か、元は町の教師だとか)

信徒から一定数の推薦を得るだけで教主候補にはなれるが、それだけに候補の数は多く、次なる教主を選定する儀式では、教主に相応しいかどうか、品格、教養、体力、精神力と、様々な面で試され、ふるい落とされるという。

(それを勝ち上がったエルネストが、俺と会談の場を設けたがってるわけだ)

言うまでもなく好奇心からではないだろう。何かしらの政治的な思惑があるはずだ。

本来ならばその意図を探りつつ返事を決めるところなのだが——

「東レベティア教の指導者たるエルネスト猊下には、私も関心があったところだ。これも巡り合わせだろう。会談する方向で話を詰めようではないか」

「おお」

ユアンは会心の笑みを浮かべる。

「猊下も喜ばれるでしょう。早速日取りの方を調整いたします」

「ああ、そうしてくれ」

ウェインは鷹揚（おうよう）に頷いた。本当ならばもう少し押し引きをしたかったところだが、今回は仕方ない。相手に花を持たせよう。

ただし、持たせるのはあくまで会談をする、という点だけだ。

「ユアン殿、可能ならばエルネスト猊下にナトラへ足を運んでもらいたいが、如何（いかが）かな？」

「むっ……」

ユアンの顔が僅（わず）かに歪（ゆが）んだ。

無理もない。この要求に応じれば東レベティア教の教主がわざわざナトラに足を運ぶことになり、世間からナトラの方が格上だとみなされかねないからだ。ユアンとしては避けたいところだろう。

しかしこれは逆も言えることで、ウェインが教主エルネストの元に向かえば、ナトラが東レベティア教に従属しているように見られる可能性もある。

市井にとっては滑稽（こっけい）に映るかもしれないが、権威という目に見えない鎧（よろい）を着込む者たちにとって、どちらがより足を動かすかも重要な駆け引きになり得るのだ。

「エルネスト猊下は日々帝国の安寧を祈願し、民もその猊下を心の支えとしています。王太子殿下もご多忙であることは承知しておりますが、エルネスト猊下が帝国から姿を消せば、民の心は麻のごとく乱れましょう。それは同盟国たるナトラも望むところではないはずです」

帝国の民を人質に、そっちから足を運べ、とユアンは暗に要求する。

しかしその程度を撥ねのけられないウェインではない。

「だからこそなのだよユアン殿。今の帝国が皇族たちの争いによって疲弊し、いつ燃え上がるともしれぬ状況なのは言うまでもないことだ。その中で他国の王族たる私が帝国へ赴き、帝国最大の宗教勢力と接近する……これが情勢を刺激しないわけもあるまい」

「っ……それは」

「もしも会談の最中に火がつけば、私はおろかエルネスト猊下の御身さえも危ぶまれる。ならばこそ、我がナトラにて場を設ければ、帝国に万が一のことがあっても比較的安全であろう」

理路整然と追い込まれ、ユアンは数秒の間、返答に窮した。

そしてやっとの思いで絞り出したのは、

「……持ち帰って、検討させていただきたい」

半ば敗北宣言に近い返答に、ウェインは満足げに頷いた。

（してやられてしまったな……）

会談を終え、ウェインの前を辞したユアンは、供回りを連れて王宮の廊下を進みながら内心で息を吐いた。

油断できる相手ではない。そう考えて会談には臨んだが、僅かな隙を見せただけであっという間に押し込まれてしまった。

（やはりあの御方の兄君なだけある）

もちろん完全に白旗を揚げたつもりはない。どうにか残る時間で反撃の糸口を見つけ出し、ウェイン王子を帝国へ誘導しなくては。

そんなことを考えていた時、ユアンは廊下の向こうからやってくる、見覚えのある人物に気がついた。

「これはフラーニャ殿下」

「あら、ユアン」

ユアンが深々と一礼する先に居るのは、一人の少女。

まだあどけなさが残るが、どこか凛とした佇まいも感じさせる彼女の名はフラーニャ・エルク・アルバレスト。その名の通りウェインの妹、すなわちここナトラ王国の王女であり、またユアンが先ほどあの御方と称していた人物だった。

「お兄様との話し合いはすんだのかしら？」

「はい。まだ詰める余地はありますが、エルネスト猊下との会談については合意を得ることができました。これもフラーニャ殿下のお力添えのお陰です」

「ふふ、私はそんな大したことはしてないわ」

恭しく応じるユアンに、フラーニャは小さくはにかむ。

フラーニャとユアンが出会ったのは、隣国のデルーニオ王国で催された式典でのことだ。

そしてその地でとある事件が発生し、それを協力して乗り越えたことで両者の縁は強まった。

今回ナトラを訪れたユアンは、その縁を頼りにまずフラーニャと接触し、ウェインとの仲介を依頼したという経緯があった。

「それにしてもデルーニオ王国から帝国に戻って、そこから今度はナトラにだなんて、ユアンも大忙しね」

「東レベティア教、ひいては我が神のためとあれば、何のこともありません」

微笑みを浮かべるとユアンは続けた。

「まして忙しそうというのであれば、私よりよほどお忙しそうな御方が目の前におられるのですから」

「……解るの？」

「恐れながら、疲れがお顔に浮かんでおります」

ユアンに指摘されて、フラーニャは頬を両手で押さえる。

彼の言う通り、最近のフラーニャは多忙だった。

少し前にデルーニオに使節として向かい、そこでフラーニャは本来の役目以上の功績をあげた。元よりウェインの補佐として働いてはいたが、この一件でフラーニャは名実共にウェインの代役をこなせる器として周知された。

そこに昨今のナトラ家臣団の、ウェインに仕事や権限を集中させたくないという思惑が重なり、回ってくる仕事の量が急激に増えているのである。

ただし、

「もっとも、お疲れなのは肉体の問題だけではないともお見受けします」

「……それも解るの？」

少しばかり驚いた様子のフラーニャにユアンは頷く。

「人の顔色を窺えなくては使節は務まりませぬ。……何かお悩みであれば、私がご相談に乗りますが」

「……」

フラーニャの顔に逡巡がよぎる。

その様子をユアンは黙って見つめ、しばしの後、フラーニャは口を開いた。

「……ないしょにできる？」

「大恩ある殿下のためであれば、この軽い口も巌のごとく固くなりましょう」

「あんまり期待しない方がよさそうね」

大仰な仕草で語るユアンにフラーニャは小さく笑い、そして続けた。

「やらなきゃいけないことがあるの」

「……」

「私はそれをしたいとは思えないけど、それは多分避けられないことなのよ。……でもその時が来るのが怖くて、最近はなかなか寝付けないわ」

「なぜそれほどに怖れるのです？」

「……私にとって、当然だったことが覆るから、かしら」

力なく呟くフラーニャを見て、ユアンは内心で小さく唸る。彼女の抱える問題がどんなものかは断言できないが、少なくとも容易ならざる難題であることは疑いようがないだろう。

これで自分がもっと若く、商人であった頃ならば、言葉巧みに探りを入れたところだが——今は東レベティア教の信徒だ。悩める少女を前にして、すべきことは一つしかない。

「避けられない試練というのは人生の内に存在します。それでも人は避けようと苦心するものですが、往々にして徒労に終わるものです。結局のところ、粛々と受け入れて試練に臨む。これに勝る対応はありません」

フラーニャにジッと見つめられる中、ユアンは続ける。

「試練を乗り越える過程で失うものや、あるいは戻れなくなる道もありましょう。ですが人生はそこで終わりではありません。むしろ試練の先には新たな道が待っています。ゆえに、真に考えるべきは、試練を乗り越えた先で何を成すか、なのです。フラーニャ殿下の才覚であれば、その先で大輪を咲かせることもできましょう」

「何を成すか……」

ユアンは小さく微笑んで頷いた。

「まあ簡単に言ってしまえば、あまり悩まず前向きになりましょう、ということです。時には後ろを振り返ることも大事ですが、私の経験からすると、前が八、後ろが二の割合が適切かと存じます」

むう、とフラーニャは小さく唸った。

それから長い思案を経て、彼女はぽつりと言った。

「……頑張ってみるわ」

「そう仰っていただけるのであれば、慣れぬ説法を口にした甲斐があるというものです」

もちろんユアンとてこの程度で彼女の悩みが晴れるとは思っていない。それでも先ほどより多少は彼女の横顔が明るくなったことを思えば、恐らくは無駄ではなかっただろう。

「あ、ごめんなさい。私そろそろ行かなくちゃ」

「いえ、こちらこそお引き留めして申し訳ありませんでした」

ユアンは改めて深々と一礼した。

「いずれまたお会いしましょう、フラーニャ殿下」

「ええ。その時を楽しみにしているわ」

フラーニャはそう言って微笑み、踵(きびす)を返した。

「――それで、良かったの？　あんな簡単に会談に合意しちゃって」

ユアンが部屋を辞した後。

二人きりになったところで、ニニムはウェインに向けて問いを投げた。

「東レベティア教のトップと公式に会談だなんて、帝国を刺激するのもそうだけど、西のレベティア教だっていい顔はしないわよ」

東西のレベティア教は互いを認めておらず、反目していた。ナトラは宗教的には西側寄りだが、国家としては帝国に寄っており、このバランスが重要になる。今回の会談はそれを崩しかねないとニニムは警告しているのだ。

とはいえ、ウェインにも言い分はあった。

「フラーニャとユアンの縁もそうだが、ロウェルミナからも顔を立ててくれって言われてるんだ。まあこの件は仕方ないさ」

ウェインが口にした通り、エルネストとの会談には帝国皇女ロウェルミナからの働きかけもあった。これは以前ウェインがロウェルミナに頼み事をした際に、それを実現するためにロウェルミナが東レベティア教の手を借りたことで、その借りをウェインとエルネストの会談という形で返してほしい——と東レベティア教より要請されたためだ。

言うなればウェインの因果応報なのだが、ともあれロウェルミナと同盟関係にある身としては、これを無碍（むげ）にするわけにはいかない。

「それにエルネストに興味あるってのも嘘（うそ）じゃないしな」

「東レベティア教の教主選定の儀式は、信徒たちの監視の中でそれはもう様々な試練が課せられるそうだけど……西側のレベティア教とは正反対ね」

「袂（たもと）を分かった理由が、まさに西側のやり口を嫌ってだからな。血筋や権力を遠ざけ、個人の人格や能力で指導者を決めることが、自分たちこそ正しいレベティア教であるという信仰の柱になってるんだろう」

そうして選ばれた今代の教主がエルネストだ。果たしてどれほどの人物か。好奇心でウェインの口元が僅かに歪むが、そんな彼の頬をニニムはつっついた。

「その前に、また独断で会談を決めたことで家臣団が反発するだろうから、その対策を考えるべきよ」

「ああ、そういえばそうだった」

最近のウェインは独断専行がすぎるとして、微妙に家臣団と距離が空いている。もちろん家臣団とてウェインの能力を疑っているわけではないし、トップである彼が素早く決断することによってナトラにもたらされた利益も理解しているが、これまで順調だったからといって、これから先も大丈夫であろうと楽観視するのは、あまりにも結果論に依存しているというものだ。

「家臣を経由すると、会談が流れるか合意まで時間がかかる可能性があったからなあ」

「でもそうやって勝手に決めちゃうところが危ういって思われてるのよね」

「あちらを立てればこちらが立たずだな」

ウェインは肩をすくめた。

「まあ上手く宥めるさ。そのためにナトラでの会談だ」

「となるとここでの会談実施はこのまま押し通すのね？」

「そのつもりだ。この上俺が国を離れるとなれば、反発は一層だろうからな」

ウェインはそう頷いた後、苦笑を浮かべた。

「とはいえ、帝国やら西側やらで何か起こったら事情が変わるかもしれないけどな」

「そうならないことを、一家臣として祈らせてもらうわ」

本心からの思いを口にしつつ、ニニムは小さく息を吐いた。

しかしながら、ニニムの祈りが天に届くことはなかった。

ユアンとの会談から数日後、耳を疑うような報せがナトラに届く。

それは帝国皇女ロウェルミナ・アースワルドが、何者かに暗殺されたというものだった——

第二章 賽は投げられた

帝国の民にとって、ロウェルミナ・アースワルドは大きな意味合いを持つ少女だ。

より正確に言えば、ここ数年で大きな意味合いを持つようになった少女か。

元よりロウェルミナは偉大な皇帝の末娘であり、見目麗しく勉学に勤しんでいるという噂もあって、さぞ利発でお美しい方なのだろう、という素朴な敬愛を民から向けられていた。

しかし国政は男の独壇場だ。ロウェルミナは至高な血筋なれど女人であり、政治の表舞台に立つことはなかったし、また民もそんなことを彼女に望まなかった。

その状況が覆ったのは、先帝の崩御からだ。後継者たる三人の皇子たちが争いだしたことで、その求心力や支持は衰退していった。それに反比例して台頭したのがロウェルミナだ。

彼女は皇子たちに平和と早期の安定を説き、そのために行動した。民衆にとって彼女は自らの代弁者そのものに映り、そして地道で着実な活動の末に、ロウェルミナは帝国の民にとって心の柱とまでなったのだ。

――そのロウェルミナ・アースワルドが、暗殺された。

この第一報は帝国、特に彼女が過ごしていた帝都において凄まじい衝撃をもたらした。

「ロウェルミナ殿下が暗殺だと!?」

「一体なぜ!?　そんな馬鹿な！」

「それは本当のことなのか!?」

帝国の安寧を願い、尽力し続けたロウェルミナの非業の死。

これに市井の人々は一様に驚愕し、困惑し、そして悲嘆した。

だが、彼らの嘆きの声は数日後に途切れることとなる。

ロウェルミナの死は誤報であると、帝国宰相ケスキナルの名で発表されたのだ——

「ふむ……今日も盛況のようだな」
屋敷の一室で、窓の外を見つめながら、ケスキナルは小さく呟いた。
うだつが上がらない風体の、壮年の男である。今は亡き先帝を支えた帝国官僚の頂点に立つ人物であり、偉人として史書に名を残すのは間違いないのだが、その外見だけを切り取るのならば、宰相として皇帝の傍に侍るよりも、酒を片手に路地裏で寝転がっている方がよほど似合っていた。
「ロウェルミナ殿下の人気は、今やこれほどの熱を生み出すか」

彼の目に映るのは、屋敷の入り口に詰め寄る市民の姿だ。

先のケスキナルの発表を受けた市民は、まず安心した。

一体如何なる経緯で暗殺の誤報など流れたのかはともかく、ロウェルミナ殿下が無事だというのならば、これに勝る朗報はない。きっとすぐにでも元気なお姿を披露され、広まった不安を吹き飛ばしてくれるだろう――市民たちはそう思った。

だが、そんな人々の期待に反して、ロウェルミナはなかなか表に出てこなかった。

すると民の心は再び不安に蝕まれ、そこから疑念の芽が生える。

本当にロウェルミナ殿下は無事なのか。もしや亡くなっているのではないか。あるいは辛くも暗殺者から逃れたものの、負傷して静養しているのではないか。はたまた仕事をサボる口実が出来たので、これ幸いと怠けているのでは――

真に彼女の身を案じてのものから、享楽的なゴシップまで、ロウェルミナについての様々な噂が流れるようになり、遂には真実を求める一部の市民が、ケスキナルの屋敷に詰めかけるようになったのだ。

「追い返しますか？」

傍に居た部下が問うが、ケスキナルはゆっくりと頭を振った。

「無理矢理押し入ろうとしているわけでもないのだ、放っておけばいい」

それよりも、と彼は続けた。

「我々が今気にすべきは、あちらの方だ」

その時、外から部屋の扉がノックされた。

入室を許可すると、現れたのは一人の少女。

「ご機嫌よう、ケスキナル。なかなか良い屋敷ですね、ここは」

ロウェルミナ・アースワルドは、そう言って微笑んだ。

◆◇◆

「皇宮の執務室もそうでしたが、こちらも変な物が一杯置いてありますね」

部屋に入ったロウェルミナは、物珍しそうに室内を見渡す。

彼女の言葉通り、ケスキナルの部屋の調度品は統一感がなく、その形も奇妙に歪んでいるものが多い。またどこの民族のものとも知れない不思議な装飾品も多数飾られている。

帝国宰相といえば変人で知られているが、噂に違わぬとはこのことだろう。そんなことを思いながら、ロウェルミナは捻れた棚に置かれている金属の容器を手に取る。

「ケスキナル、これの中身はなんです？」

「蜘蛛の干物です」

「……」

ロウェルミナはそっと器を棚に戻した。

「食用ですので、よろしければどうぞ」

「いえ、遠慮しておきます」

心からの言葉を口にして、しかし視線が懲りずに物珍しいものを探そうとしていると、ケスキナルが重々しく口を開いた。

「……それで、いつまで此処(ここ)におられるつもりですかな、ロウェルミナ殿下」

「おや、そんな顔をしてどうしました？　ケスキナル」

ロウェルミナはケスキナルの対面にある椅子(いす)に腰掛けた。

そして挑発するような笑みを浮かべて続ける。

「まるで私がここに居ては困るような言い方ですね」

「全くその通りです」

えぇー、とロウェルミナは可愛(かわい)らしく抗議の声を上げるが、ケスキナルは無視した。

「私は帝国の宰相であり、その責務は帝国の繁栄させること。ひいては次代の皇帝を支えることです。それゆえに」

「帝位争いには中立を保たねばならない、でしょう？」

ロウェルミナは肩をすくめた。

「ご立派な心がけです。皇族として、帝国の市民として、感服しますよ」

「とてもそうは思っておられない口振りですな」

「嘘(うそ)ではありませんし、個人的に感謝もしてますよ。貴方が皇子たちの誰(だれ)かに肩入れしていれば、この内戦は早々に決着がつき、私が介入する余地もなかったでしょうから」

ですが、と彼女は続ける。

「疑問ではありますね。貴方がなぜそこまで中立を堅持するのか。帝国に対する野心か民への慈愛があるならば、早期の決着を望むでしょうに」

もちろんロウェルミナ自身が言った通り、そうなっていたら彼女はここに座ってはいなかっただろう。ゆえに文句をつけるつもりはさらさらないが――それはそれとして、彼の行動原理がいまいち解(わか)らないのは、気になるところだ。

「何やら誤解があるようですが、私とて野心や慈悲を持ち合わせておりますよ」

「それが見えてこないと言ってるわけですが」

「そのようなものは、わざわざ世間にひけらかすものでもありませぬゆえ」

「お、野心バリバリで衝突してる皇室批判ですか？　これは憲兵を呼ばねばなりませんね」

「お忘れですか？　憲兵の人事は私が握っておりますよ」

「そういった権限を握りながら、貴方はなおも中立なのですよねえ」

お手上げとばかりにロウェルミナは肩をすくめた。

そんな彼女に向かってケスキナルは言う。

「殿下が私を不審に思う気持ちは理解できます。その上で、あえて語るのであれば……私はこの帝国を愛しております。その己の心に従った結果が、この中立なのです」

「……」

ロウェルミナはジッとケスキナルを見つめる。

自分が幼少の頃から宰相として先帝に仕えていた人間だ。小娘の眼差しごときで暴ける腹の内ではなかろうが、それでも、帝国を愛するという言葉に偽りはないとロウェルミナは感じた。

「少々話が逸れましたな。ともかく私は中立を保たねばなりません。そして殿下がこのまま私の屋敷に逗留されることは、この中立を侵害しかねない行為です。どうかご理解いただきたい」

ケスキナルの声は穏やかながら有無を言わせぬ凄みがあった。

それに気圧されたわけではないが、ロウェルミナは小さく頷く。

「私としては、こちらについてくれるに越したことはありませんが、ケスキナルが中立を保つというのならば、それを尊重する意思はあります」

そこまで口にしてから、しかし、と彼女は続けた。

「私の身に起きた暗殺未遂騒動。これの責任の所在について忘れてもらっては困りますね」

「む……」

市井に噂として流れるロウェルミナ暗殺騒動。

こうして生きている姿を見れば解るように、彼女が暗殺されたというのは誤報だ。

しかしながら、ロウェルミナが暗殺されそうになったこと自体は事実だった。

「いやあ驚きましたよ、皇宮で過ごしていたら突然襲われるだなんて。私の護衛が奮戦したおかげで撃退できましたが、あるいは私は噂通り凶刃に倒れていたかもしれませんね」

ロウェルミナは芝居がかった仕草で頭を振った。

「この帝都で皇族が暗殺されそうになるだなんて、前代未聞ですよ。帝国の権威には少なからず傷がついたことでしょう。そして皇帝亡き今、帝都で起きた出来事の責任者は当然貴方です、ケスキナル」

「……」

これは何もロウェルミナの言いがかり、というわけではない。先ほど憲兵の人事を握っていると口にしたように、帝都は元より皇宮の警備もケスキナルが人を差配している。ロウェルミナの私的な護衛のおかげで難を逃れたとはいえ、警備に問題があったと指摘されれば逃れることはできない。

「あるいは……貴方ならば意図して警備を緩めることもできますねえ、ケスキナル」

中立を謳うケスキナルに対して、あからさますぎる挑発をロウェルミナは口にする。

「……無論、そのような事実はございません」

ケスキナルは僅かに顔を顰める。しかしそれは小娘の挑発に気分を害したからではない。この話し合いの結末を予期し、それが避けられないと確信したがゆえだ。

「でしたら、逃亡した暗殺犯を捕縛し、誰の差し金かハッキリさせていただきましょう」

ロウェルミナは言い放った。

「そしてその間、私はここに逗留させてもらいます。——皇宮までも危険となれば、現在の最高責任者たる貴方の館こそ、最も安全でしょうから、ね」

妖しく微笑むロウェルミナに、ケスキナルは小さな嘆息で応じる他なかった。

「皇女殿下とはいえ、なんて不貞不貞しい……！」

「落ち着け。相手は被害者で、こちらに不手際があったのは間違いない」

ロウェルミナが部屋を辞した後。

憤慨する部下を横目に、ケスキナルは思索に耽っていた。

「しかしロウェルミナ殿下がこの屋敷にて過ごされていることは、遠からず知れ渡ることでしょう。そうなれば閣下の中立という立場にヒビが入りかねません。いえ、それどころか閣下が関与していたなどという妄言を撥ねのけることすらできなくなります！」

「解っている。暗殺犯の根城の痕跡から何か摑めたか？」

「……申し訳ありません、残念ながら今のところ芳しい成果は」

部下の言葉にケスキナルは小さく唸る。

ロウェルミナが何者かに襲撃されたという報せを受けた時、さしものケスキナルも驚きを隠せなかった。しかしながら、その後の対応は迅速の一言だ。

ロウェルミナの無事を確認し、その周囲を信頼できる兵で固め、それに並行して逃亡したという暗殺犯の追跡を指示。程なくして複数の情報筋から暗殺犯の拠点らしき場所の情報を摑み、素早く兵を派遣して押し入った。

しかし一歩出遅れたようで、そこに暗殺犯の姿はなく、身元や計画に繫がりそうな情報もほとんど廃棄されていた。どうにか残された物証などから調査を進めてはいるが——

「ご安心ください、閣下。必ずや下手人は捕縛してみせます。状況から考えて、指示を出したのは第二皇子バルドロッシュか、第三皇子マンフレッドのどちらかしかありません。この両方に網を張っておけば……！」

「……いや、恐らくは難しいであろうな」

ケスキナルはぽつりと呟いた。

「私の見たところ、今回の件はそのように単純な話ではない」

「単純ではない、ですか？　それは一体……」

戸惑う部下を前に、ケスキナルはゆっくりと口を開いた。

「ロウェルミナ皇女が暗殺されかけた、だと……⁉」

「はい。今や帝都はこの話題で持ちきりです」

そこは第三皇子マンフレッドの領地。

そして彼が拠点として使っている屋敷の一室にて、マンフレッドと共にそこに集っていた陣営幹部たちは、伝令からの報告を受けて一様に驚き、顔を顰めた。

「馬鹿な、帝都で皇族の暗殺未遂など……！」

「なんという恥辱だ！　帝国の警備は木偶しかおらぬと諸外国で物笑いの種になるぞ！」

「ケスキナルめは一体何をやっているのだ……いや、それより下手人はどこの痴れ者だ⁉」

「この状況だ、考えられるとしたらバルドロッシュ陣営の手の者であろう」

「あの単細胞どもめ、余計なことを！　これで民は一層ロウェルミナ皇女を信奉するぞ！」

焦燥を隠そうともせず、口々に言葉を投げあう幹部たち。

ロウェルミナ陣営の躍進が目障りであることは、マンフレッド陣営にとっても同じことだ。

その上で、ロウェルミナが死亡すれば、確かに状況は劇的に改善されるだろう。

しかしそのために暗殺という手段を選ぶことは非常に危険だ、というのが陣営の見解である。

今のように失敗した場合はもちろん、たとえ成功したとしても同様だ。

もしロウェルミナを暗殺したとして、それが世間に露見すれば、バルドロッシュやマンフレッドはそのような非道な手段を取る人間であり、また皇族とは非道な手段で排除しても許される価値しかないと世間に喧伝することになる。すなわち皇族である自身の価値と帝国の権威を同時に損なうことになるのだ。

バルドロッシュ陣営はその程度の道理すら解らないと罵るべきか、あるいは、もはやそれ以外に皇帝の道はないと覚悟を決めたのか。どちらにしてもマンフレッド陣営にとっては都合の悪い事態であるが――

「……ストラング」

「はっ」

マンフレッドの呼びかけに、傍に控えていたストラングは一歩前に出る。

ストラングはかねてよりマンフレッドより重用されていた。若輩でありながら政治や軍事の面で大きな権限を許されている彼に、周囲の反発は当然あるが、少なくとも表立って批判されないだけの実績をストラングはあげていた。

「君はこの件、どう思う？」

「他の方々が仰る通り、バルドロッシュ陣営が仕掛けたものと考えるのが自然でしょう」

ストラングは迷うことなく応じた。

「ロウェルミナ皇女は今や皇帝の座まであと僅か。逆にバルドロッシュ皇子は厳しい立ち位置です。ここから逆転を狙うとなれば、ロウェルミナ殿下の暗殺は効率的な手段といえます」

「しかしあのバルドロッシュが暗殺という手段を選ぶかな？」

第二皇子バルドロッシュは政治的な駆け引きは不得意だが、代わりに軍事に明るく、そして武人であることに誇りを持っている。その彼が暗殺、ましてか弱い女人を狙うというのは、どうにも納得できないところがマンフレッドにはあった。

「その余裕を保てないほど追い込まれている、という見方もできましょう。あるいはバルドロッシュ殿下本人にそのつもりがなくとも、部下が独断で手配したのかもしれません」

「……確かに、私とバルドロッシュ陣営の士気は落ち込んでいる。手綱を握りきれなくなっている可能性はあるな」

お互いに、と。

小さく呟いて、マンフレッドは議論を交わす幹部たちを冷たい目で見やる。

派閥のメンバーは全員が派閥の長に忠誠を誓っているわけではない。むしろ忠誠心など持っている方が希だろう。彼らが派閥に属し、皇族たちに協力しているのは、派閥の長が皇帝となった際に得られる権益がためだ。

そして帝位争いは幾度もの駆け引きを経て、今やロウェルミナが一強となっている。他の皇子派閥の者たちの多くは、このまま皇子について行って権益を得られるか悩んでいるのが実情だ。

特にマンフレッドの陣営は、属州に将来の権益を約束した上で成り立っている。忠誠心など望めるはずもなく、目の前にいる幹部たちとて、マンフレッドを切り捨てて保身を図るタイミングは常に窺っているだろう。

（――まあ、私としてもそういう連中の方が使いやすいわけだが）

忠誠心などといった情での繋がりは危ういものだ。利益の方がずっと解りやすく御しやすい、とマンフレッドは思う。

傍に居るストラングとてそうだ。彼を重用しているのは能力もそうだが、何より願いが故郷ウェスペイルの自治権という、明快なもののためだ。そのためマンフレッドは帝位についた暁には自治権を許すと約束している。他の派閥がこれを提示できない以上、彼が裏切ることはない。

（たとえ本当に約束を履行するとは限らなくても、な）

内心で小さく呟いた後、マンフレッドは言った。

「それにしても暗殺を試みて失敗とは、せめて成功してほしかったものだ」

「致し方ない部分はありましょう。帝都は今やロウェルミナ皇女の庭でもありますので」

「解っている。しかし惜しいと思う気持ちは覆らん」

成功していれば状況は激変していただろう。上手く立ち回れれば、自分が一気に皇帝に上り詰めることもできたかもしれない。

そんなことを思う主君の横で、ストラングは小さく呟いた。

「あるいは、元より成功の余地などなかったのかもしれません」

これにマンフレッドは怪訝な顔になった。

「どういうことだ？　ストラング」

「先ほども言った通り、状況を思えばバルドロッシュ陣営と考えるのは自然です。ですが、もしかすると——」

「ロウェルミナの暗殺……⁉」

場所はバルドロッシュ領。

その己の館にて、腹心たる部下のロレンシオより報告を聞いたバルドロッシュは、思わず椅子から立ち上がった。

「馬鹿な、一体何だそれは⁉」

「申し訳ありませぬ。殿下に独断で計画を進めておりました……」

声を荒らげるバルドロッシュの前で、ロレンシオは頭を垂れる。

「全ては殿下に至高の位をご用意するため……何とぞお許しを……！」

「許せるものか！」

バルドロッシュは烈火のごとく怒りを露わにした。

「武人たる者が女相手に暗殺などという卑怯な手段を選び、挙げ句失敗しただと⁉　これで我らに残っていた僅かな名誉も地に落ちたぞ！」

現在のバルドロッシュ陣営が、ロウェルミナ陣営に大きく水をあけられているのは、もはや語るまでもない。そんな中でバルドロッシュ陣営が辛うじて士気を保てていたのは、武人としての誇りに他ならない。しかしこの一件は、その誇りに刃を突き立てたも同然だ。

「お怒りはごもっとも……！　されど、お待ちください。確かに計画は内々に進めておりましたが、実のところ、失敗したわけではないのです……！」

「戯れ言を！」

バルドロッシュは腰の剣に手をかける。熟達した彼の腕前ならば、人の首など一息で両断できる。しかしその白刃が鞘から抜かれるより早く、ロレンシオは言葉を紡いだ。

「戯れ言ではありませぬ！　帝都に潜ませていた者たちが動くより先に、何者かがロウェルミナ殿下を襲ったのです！　その煽りを受けてこちらの潜伏先に調査の手が入ったため、やむなく計画を中断して帝都より脱出を余儀なく……！」

「……！」

剣の柄を握っていたバルドロッシュの手が止まる。

たとえ実行せずとも計画した時点で許しがたいが、それとは別に、ロウェルミナを殺害しようとした者が居たというのは、無視できる事柄ではなかった。

「……その別の暗殺犯とは、何者だ」

「解りませぬ。帝都の方でも我らこそが下手人と考えているため、真犯人については調査は進んでいないようです。ですが恐らくは、マンフレッド陣営かと……」

順当に考えればその通りだ。こちらの陣営を除いて考えれば、ロウェルミナを邪魔と感じているのはマンフレッド陣営が筆頭になる。

しかし、

「……マンフレッドではない」

「は……？」

バルドロッシュの呟きは、意図せず口から漏(も)れたものだった。

しかしそうして言葉にした瞬間、彼はこの一連の騒動の裏側を理解した。

「そうか、そういうことか」

虚空(こくう)を睨(にら)む。その方角は、遥(はる)か東の帝都グランツラール。

「やってくれたな、ロウェルミナ……！」

◆◇◆

「そう、私の自作自演でーす！」

いえーい、とポーズを取りながら、ロウェルミナは自室で元気に宣言した。

「いやー上手く行った上手く行った。これも日頃の行いですかね、フィシュ」

「殿下が日頃から準備していた情報網のおかげ、という意味であれば、仰る通りかと」

応じるのはロウェルミナを補佐するフィシュ・ブランデルだ。

「あれがなくては、帝都に入りこんだバルドロッシュ陣営の手勢を、いち早く察知することは叶わなかったでしょう」

「ふふーん、伊達にこの帝都で過ごしてきたわけじゃないんですよ」

兄皇子と違い、ロウェルミナは固有の領地を持たない。それゆえ彼女はずっと帝都を本拠地にしていた。

しかしながら、本拠地といってもいわば居候しているようなもので、ロウェルミナが帝都を好きに差配できるわけではない。それどころか帝都は帝国の心臓部であり、ロウェルミナが許可した人間だけ出入りを許す、などという横暴が通るわけもなく、当然対立派閥の人間も帝都には数多いた。

となればまずは身の安全を図るのが最優先。そのためロウェルミナは皇帝が崩御してから、ずっと身辺警護と私的な情報網の確立に腐心していたのだ。

「それに、そろそろ直接的な手段を取ってくるとは思ってましたからね」

ロウェルミナの情報網が、不審な人間を捕捉したのは数週間前のこと。

密かに調査を進め、それがバルドロッシュ陣営の者であり、自分の暗殺を計画していると知った時、彼女はこれを奇貨と見た。

「先んじて偽りの暗殺未遂事件を起こし、本来の計画を破綻させる。更に本来の暗殺犯の情報を流し、さも実際に起きたかのように演出する。そしてケスキナルに対して事件の責任を追及し、彼の中立性を損なわせる……我ながら計画通り進みましたよ」

暗殺計画を止めるだけならば、事前に通報するなり捕縛するなりですむ話だ。しかしロウェルミナはこれを利用してケスキナルを狙い撃った。

ロウェルミナの策略で失態を演じることになったケスキナルは、失態の挽回と、ロウェルミナ暗殺を手助けしたのでは、という汚名を払拭するために、彼女を守護しながら暗殺犯を追わなくてはならない。

しかしそれは傍から見れば、ケスキナルがロウェルミナに肩入れしているように映るだろう。まして足取りを追った先にはバルドロッシュがいるのだ。立場上ケスキナルは彼を糾弾せざるをえない。そうなれば帝国宰相が皇女についたのだと、誰もが判断するところだ。

「これまで態度を保留していた一部有力者から、ロウェルミナ殿下にお会いしたいという打診が既に届いております」

「いいですねえ。そういう人たちからドンドン人とモノと金を引っ張っちゃいましょう。あ、それとフィシュ、民意を煽る工作も進めていますね？」

「はい。元より相当な熱がありましたので、順調に」

これにロウェルミナは満足そうに微笑む。

「帝国の未来を憂い、日々心を砕いてきた皇女殿下が、あろうことか兄に殺されかける……当然民衆は怒りの声を上げるでしょう。その炎を煽って煽って煽った果てに、私が挙兵する正当性と勝ち目が生まれます」

ロウェルミナは平和を求めるという立場上、軍事力を持たない。

しかし兄二人を排除するには、武力による決着は不可欠だ。

だからこそ必要になる。ロウェルミナがもう兵を挙げる他にないと、民衆が納得する正しさが。更にその正しさの下に集まるであろう、多くの兵が。

そしてその正しき軍勢によって兄皇子らを討った時、民衆は目撃するだろう。大陸史上初の、女帝の君臨を。

「さあ、勝ちに行きますよ」

自らが敷いた勝利の道筋に向かって、ロウェルミナは踏み出した。

「なんと悪辣な……！」

ケスキナルから事の真相を聞かされた部下は、思わず声を上げた。

「口が過ぎる。相手は皇女殿下であらせられるぞ」

「は、いえ、失礼いたしました。ですが閣下、よろしいのですか。これではロウェルミナ皇女に好きに使われているようなものでは……！」

「仕方あるまい。出し抜かれた私が悪いのだ」

帝国、そしてケスキナルとて独自の情報網は持っている。もちろんその大半は帝国全体や諸外国の諜報活動に使われているが、だからといって膝元である帝都に皇族の暗殺犯が潜んでいたのを見逃して良い理由にはならない。

「とはいえ、まさかここまで一気に詰められるとは思わなかったがな」

ケスキナルの口元に苦笑が浮かぶ。人としてはともかく、政治家としては立派に成長している皇女に対する喜びと哀愁がそこにはあった。

「……このまま女帝が誕生するのでしょうか」

部下の顔と声には不安が滲んでいた。これが兄皇子のどちらかであれば、このような顔にはならなかったろう。しかしケスキナルはそれを咎めようとは思わなかった。

歴史上初の女帝。そうなった時、後世の歴史家は華々しい出来事として語るだろうが、その時代、その国に生きる人間にとっては、あまりにも未知数だ。自らの乗る船が前例無き航路に舵を切るのを見て、怯えぬ者がどれほどいようか。

「皇帝の治世が輝きに満ち溢れたものとなるかは、我ら官僚の手腕にかかっている。それは女帝であろうと変わらぬことだ。悩むことなどない。粛々と帝国に尽くせばいい」

「はっ……」

なおも納得しがたいといった様子の部下を見て、ケスキナルは嘆息の後続ける。

「それに、ロウェルミナ皇女が勝つかはまだ解らぬことだ」

「しかしこの一件で、もはや趨勢は」

するとケスキナルは小さく笑う。

「そう思った時こそ、影は忍び寄るものだ」

「バルドロッシュ殿下、至急殿下にお目に掛かりたいという者が」

「今はそれどころではない！　待たせておけ！」

「し、しかし火急の用件だと」

「……この忙しい時に！　一体どこのどいつだ⁉」

「はっ、それが……アイビスという女商人で……」

◆◇◆

「マンフレッド殿下、これは好機やもしれません」

「好機？　今の状況がか？」

「はい。そして恐れながら殿下にも骨を折ってもらうことになります。そうですね……まずは一つ、書簡を認めてもらいたく」

「構わないが、一体どこに送るつもりだ？」

「――ウェイン王子のところです」

「バルドロッシュ殿下も、マンフレッド殿下も、これで終わるつもりはあるまい。追い詰められたことで、いよいよなりふり構わず、死に物狂いで抗ってくるはずだ」
　ケスキナルの言葉に、部下は思わず息を呑む。これまでは争いつつも決定的な衝突は回避してきた三人の候補。しかし状況が極まった今、その縛りは失われる。
「賽は投げられた。帝位争奪戦はここから一気に決着へと向かうだろう。しかしその目がどうなるかは――」

ケスキナルは不敵に笑う。

「神のみぞ、知ることだ」

第三章 ストラング

「はふう……」

私室の寝台に寝そべりながら、フラーニャは物憂げな声を零した。

「随分と疲れてるな、フラーニャ」

そんな彼女の横で影のように佇むのは、護衛であるナナキ・ラーレイだ。

「疲れもするわよ。ナナキだって私の働きぶりを見てたでしょ」

抗議の視線を送りながらフラーニャは言う。

事実、ここしばらくのフラーニャは多忙の極みにあった。

「フラーニャ殿下、こちらの申請についてですが」

「眼を通すからそこに置いといて」

「民からの陳情の書類がいくつか届いております」

「すぐに確認するわ」

「殿下と会談を望む有力者が」

「来週の予定は空いてる？　ならそこで会いましょう」

「殿下、予定ですとこの後は陛下のお見舞いになります」

「急いで行くから少し待っていただくようお父様に言伝(ことづて)を……！」

万事このような調子で、昼夜を問わず政務に追われているのである。

今こうして私室にいるのもようやく取れた束の間の休息で、この後にも仕事は立て込んでいる。忙殺などという言葉があるが、なるほど、忙しさに殺されることも現実に有り得るのかもしれない。

（でも……）

フラーニャは寝台の上でごろんと転がる。

そしてごろんを二度、三度とくり返した後、彼女はおもむろに自分の手をジッと見つめた。

か細く小さい手だ。苦労を知らない箱入り娘の手だ。とてもではないが、大きな荷物など持てそうにない。

まして、この手で国の未来など。

「まだ悩んでるのか」

「……」

そう、実際のところ忙しさについては問題ではなかった。むしろ望むところですらある。フラーニャが物憂げな表情をしているのは、別の理由だ。

「あの胡散臭い奴からアドバイスを貰ってただろう」

「……ユアンは悪い人じゃないわよ。胡散臭いのはそうだけど」

脳内のユアンが苦笑を浮かべた気がしたが、無視してフラーニャは言った。

「ねえ、ナナキ」

「俺に聞くな」

「……まだ何も言ってないんだけど」

「言わなくても解る」

フラーニャから咎めるような視線を向けられつつも、ナナキはどこ吹く風だ。

「俺は道を切り拓くことはする。だが、道を選ぶのはフラーニャだ」

「……もうっ」

手近にあった枕をナナキに投げつける。もちろんあっさりと受け止められ、投げ返された枕がぽふんとフラーニャの顔にぶつかった。

その枕を引き剝がしながら、フラーニャは呟いた。

「……本当に、どうしたらいいのかしら」

病床にある国王オーウェンに代わり、王太子のウェインが摂政として国を導き始めて数年。

ナトラは大いなる飛躍を遂げ、かつてない存在感を持つようになった。

遠からずウェインは国王となり、盤石の時代を迎えるだろうと、誰もが思っていた。

そこに陰りが生まれたのは、最近のことだ。

一部の家臣が、ウェインの独断専行ぶりを危険視するようになったのである。

「今のナトラはお兄様あってのものなのに」

フラーニャの言葉に偽りはない。ナトラの急成長の立役者は間違いなくウェインだ。類い希な頭脳。巧みな交渉術。敵地に赴く胆力。それら全てを駆使して得る圧倒的な成果。彼が歴史に名を残す英雄であることは誰の目にも明らかだ。

だがこれは同時に、ナトラがウェイン個人に依存し、また彼の胸三寸で左右されているということになる。まるで、彼以外には価値がないと言わんばかりに。

それこそが問題の根底なのだ。ナトラにも家臣たちは存在し、彼らにも国を支える一員であるという自負がある。その思いはナトラが大きくなるほどに膨れ上がり、ウェインが成果を上げる度に暗く疼くのだ。

そして数ヶ月前、ウェインが独断で外国の有力者の養子になったことで、両者の間には無視できない溝が生まれた。これ以上王太子の勝手にさせてはいけないと、家臣たちはウェインに集中していた権限を削るために動き出したのである。

もちろん、王と家臣の間で権力の綱引きなど珍しくもない話だ。それだけならフラーニャも呑み込んでいたところだが——それに付随して、フラーニャを王位につけようという企みがされているとなれば、話は別になる。

「お兄様を差し置いて、私が王様に、だなんて」

発起人はフラーニャが登用したシリジスという男だ。

彼はウェインの功績を認めつつ、これ以上はナトラの成長を阻害すると考えていた。

その代わりとしてフラーニャを玉座に据える。彼女の能力がウェインに及ばないことは自他共に認めるところ。しかしその不足があってこそ、家臣や民衆と手を取り合い、共に歩めるのだと彼は主張する。

「……もう！　もう！」

ぺしぺしとフラーニャは枕を叩く。

「お兄様もお兄様よ。あれだけ皆から反対されたのに、また出て行っちゃうなんて！」

東レベティア教教主エルネストとの会談。

当初の予定ではナトラにて行われるはずだったそれは、急遽帝国で実施されることになった。

家臣たちからは反対の声が強かったものの、ウェインはそれを強引に封じ込め、さっさと出立してしまう。自分が不在の間の国政はフラーニャと家臣たちで決めるよう言い残して。

「これじゃあシリジスの後押しになっちゃうじゃない！」

家臣たちの声に耳を貸さず諸外国を歩き回る兄と、逆に彼らの意見を取り入れながら国を運営する自分。臣下の心がどちらになびくかなど火を見るより明らかだ。

もちろんウェインは王太子。民からの信望も厚く、家臣たちとてウェインの能力を疑ったことはないだろう。妹である自分を擁立しようと本気で考えている者は僅(わず)かのはずだ。

だが、それでも。

「……」

フラーニャとて解っている。

本当に王になるつもりがないのなら、ウェインにそう告げればいいだけだ。

シリジスを筆頭に関係者は処断され、自分はどこぞへ嫁に出されて終わりだろう。そしてナトラは本来の王と黄金の時代を迎える。

なのにそうしないのは――フラーニャも、シリジスの主張に一理あると考えているからだ。

「ふにゃあ……」

寝台に突っ伏してフラーニャは呻(うめ)いた。

「大変そうだな」

「すっごい他人事(ひとごと)！」

「俺は護衛だ」

「そーうーだーけーどー！」

うぎぎぎ、とフラーニャはナナキを睨(にら)む。いついかなる時でも変わらない彼の態度は、ありがたくもあり、小憎たらしくもあった。

「――フラーニャ殿下」

ふと、外から部屋の扉が叩かれた。

「もうじき定例会議のお時間です」

官吏の声にフラーニャは体を起こす。

本来は兄が出席するはずの会議。しかし兄に任された自分が出席する会議。

ユアンは言った。試練はどう乗り越えるか、乗り越えた先で何を成すかが大事だと。

しかしこの試練を乗り越えられるのか。果たして乗り越えていいものか。

結論は出ないまま、すう、とフラーニャは大きく呼吸をして、

「――ええ、今行くわ」

責務を果たすため、前へと進む。

一方その頃。

「うーむ……」

使節団を引き連れながら、ウェインは馬上で唸っていた。

「どうされました？　殿下」

声をかけるのは護衛の指揮官、ラークルムだ。ウェインが登用した若手の武官であり、その経緯からウェインのことを信奉している。

「なに、随分と日差しが強くなってきたと思ってな」

襟元を動かして服の中に外気を取り込みながら、ウェインはうんざりした様子で空を見やる。今の季節は初夏。冬を越え春を渡った太陽は、もうじき訪れる最盛期に向けて、ウェインの言葉通り熱量を増していた。

「季節柄というのもありますが、ナトラを出立してからそれなりに経ったのもありますな」

大陸最北端のナトラから、一行が目指しているのは大陸南東にある帝国首都だ。南下するにつれて、必然的に気温も高まっていくだろう。

そしてなぜ一行が首都に向かっているのかといえば——東レベティア教教主、エルネストとの会談のためである。

(全く、ロワも人騒がせだな)

本来ならば、エルネストとはナトラで会談する予定だった。しかしそこに突然入ってきたのが、ロウェルミナ暗殺の報だ。

これにはさしものウェインも驚いた。友人であり同盟相手でもあるのだから当然だ。情報を精査するよう指示を出している内に誤報という報せが届いたため、なんとか胸をなで下ろしたものの——この件をきっかけとして帝国に大きな動きがあると睨んだウェインは、方針を転換。

にしたのだ。

事態の推移をより近くで把握するため、エルネストとの会談という名目で帝国に出発すること

（バルドロッシュ、マンフレッド、そしてロワ。さて誰がどう動くのやら）

帝国に渦巻く陰謀の深さを思い、ウェインは小さく笑う。

とはいえ、それはそれとして、この暑さだ。

「こういう時、馬車に乗れない東側の文化が疎ましいな」

「こちらでは特に王侯貴族は戦う人とされていますからな」

王侯貴族とは領地の守護者であり、有事の際は体を張って戦う役目を背負っている。そんな人間が馬車に揺られて移動など軟弱だ、という風潮が大陸東部にはあった。

これが大陸西部だと、貴い立場の人間が無闇に衆目に晒されるべきではないとして、王侯貴族や権力者の馬車での移動が推奨されているのだから、文化の方向性は様々である。

もちろんウェインも本来ならば馬での移動に音を上げるはずもないのだが、いかんせん北国育ちで暑さには弱い。日よけのある馬車で過ごせればと思ってしまうのは致し方ないだろう。

「というか、ラークルムは平気なのか？」

「この程度で参っていては、殿下をお守りできません」

「頼りになることだ」

自信満々に胸を叩く忠臣に、ウェインは小さく笑った。

「殿下、お辛いのであれば少し休憩されますか？」

「そこまですることはない。もうじき中継地点の街が見えてくる頃だしな」

と、そこまで口にした時だ。

前方から馬に乗って見慣れた人物がやってきた。ニニムだ。

「殿下、ただいま戻りました」

ウェインの前で馬を下りたニニムは、恭しく一礼する。周囲の目がある時の、よそ行きの態度だ。

「ご苦労。どうだった、ニニム」

「はっ。宿泊施設については予定通り受け入れる用意が出来ております」

ナトラから帝国首都までには相応の日数がかかる。当然幾つかの街を中継する必要があるのだが、その中で十数人もの随員を引き連れて移動するともなれば、いきなり押しかけては宿が取れないという事態も有り得る。そこで先触れとして一足早く人を向かわせ、準備を整えさせておくのだ。

「ですが殿下、一つお耳に入れなくてはならないことが」

「うん？　何かあったのか？」

怪訝な顔をするウェインに、ニニムはそっと耳打ちした。

そして——

「やあ、久しぶり」

街で待っていたストラングは、ウェインに向かって柔和に微笑んだ。

「少し僕とお話ししようじゃないか、ウェイン」

ウェイン、ニニム、ストラング、グレン、ロウェルミナ。

学生時代において共に行動した五人だが、入学当初からそうだったわけではない。

ウェインとニニムこそ当初から一緒だったが、グレンは別のグループに。ロウェルミナはその正体から少しばかり人と距離を置いて。そしてストラングは——有り体に言えば、有力貴族の子弟たちに虐められていた。

征服された側である属州出身と、征服した側である帝国の権力者の子。この歴然たる立場の違いは、未成熟な若者たちの間で差別意識を育むには十分な材料だったのだ。

しかしそうしてストラングが鬱屈した日々を送っていると、転機が訪れる。

虐めの主犯格が突然士官学校を退学したのだ。

理由について様々な噂が流れる中、その噂が偽装を目的として意図的に流されたものだと気づいたストラングは、独自に調査を始める。

そこにあったのは虐げられていた環境から解放された喜びと、自分ができなかったことを実行した人間への好奇心だ。人一人を容赦なく排除するという冷徹な蛮行を、一体どんな奴が実行してみせたのか。

やがてストラングは、退学した貴族がその数日前、とある少女を手籠めにしようと騒ぎを起こしたことを知る。そしてその傍には、その少女と同郷らしい少年もいたと。

ストラングは奇妙な昂揚と共に、その少年に問いかけた。君がやったのか、と。

そして少年――ウェインは笑って答えた。

「馬鹿言え、あいつの実家が出張ってきてからが追い込みの本番だ。一緒にやるか？」

こいつは最高にヤバい。

ストラングは身震いしながら頷いた。

そして現在、そのヤバい奴といえば、

「おー、これ美味いな」

「あらほんとに」

　ストラングが持ってきた土産の焼き菓子を、ニニムと共にもぐもぐ食べていた。

「小麦粉とバターの生地を焼いて、レモン風味のシロップをかけてか」

「生地に混ぜてある香辛料も効いてるわね」

「俺たちが士官学校に居た頃は、こういうのはもうちょっと高価だったよな」

「ええ。それが今や市井でも普通に出回っているだなんてね」

　感心したように語るウェインとニニムに、ストラングは言った。

「帝国では最近香辛料の栽培が進歩していてね。安価に出回るようになったおかげで、こうしてお菓子に混ぜるのも簡単になったんだ」

　三人が居るのは予定されていた宿泊施設の一室だ。話がある、というストラングの言を受け入れ、こうして場を設けたのである。

「帝国の技術の進歩には相変わらず驚かされるわね」

「全くだ」

　ニニムの言葉にウェインは頷き、対面を見やる。

「とはいえ、お前が会いに来た方が驚いたけどな、ストラング」

　ウェインやニニムの学友であるストラング。しかし今の彼はマンフレッド派閥に属しており、実質的にロウェルミナ派閥であるウェインたちとは敵の立場だ。

「ウェインを驚かすことができるなんて、なかなか得がたい体験だね」

「そうか？　俺なんてポンポン驚いてるぞ」

「ちょっと前にもロワが暗殺されたって報告で椅子から転げ落ちてたものね」

「あれはマジでビビった」

「うんまあ、あれは仕方ない。僕も人前じゃなかったら目を剝いてたよ」

ストラングは苦笑を浮かべる。調査を重ねた結果、確たる証拠こそ摑めなかったものの、あの暗殺騒動がロウェルミナの自作自演であるとマンフレッド陣営は結論づけている。とはいえ、ロウェルミナも勝負をかけると宣言していたが、まさかここまでやるとは。

「確かにロワのと比べれば、ストラングが会いに来た驚きは少々軽いか——だが、何も俺たちの顔を見に来ただけってわけじゃあないんだろ？」

挑発的にウェインが笑うと、ストラングも首肯して応じた。

「もちろん。これから君たちにもたらす驚きは、ロワの一件に負けないと言っておくよ」

そう言って差し出されたのは一通の書簡。

受け取ってみると、差出人として記されていたのはマンフレッドの署名だ。

「内容は、マンフレッド殿下からウェインへの協力の提案」

ストラングは言った。

「ウェイン、ロワを切ってこちらにつかないかい？」

部屋の空気が一瞬にして張り詰めた。

ウェインとニニムは揃って目を鋭くし、ストラングを見やる。

「何を言うかと思えば……」

ストラングの一挙手一投足から意思の片鱗を感じ取ろうと、全神経を集中させながらウェインは言った。

「今更マンフレッドに協力だと？　現実的じゃないな」

ウェインの返答は文字通りの一蹴だ。しかしそれを理不尽と評する者はいないだろう。

これまでの積み重ねにより、ナトラ、ひいてはウェインとロウェルミナは強い協力関係で結ばれている。逆にマンフレッドとは公然と敵対していると言っていい。その前提を踏まえれば、マンフレッドと手を組むなど到底有り得ない。

「ニニムもそう思うだろ？」

話を振られ、傍で思案していたニニムは頷いた。

「世間的にもウェインとロワの関係は盤石よ。これを一方的に切ればナトラの体面に傷がつくわ。まして今はロワ陣営が一番の勝ち馬だもの。鞍替えする理由がないと思うけれど」

ニニムの意見には、十人が十人、その通りだと答えることだろう。

だが、

「ところが、理由ならあるんだ」

揺るぎない自信と共にストラングは笑みを浮かべた。

「民衆の扇動が予定より進んでいない？」

「はい。申し訳ありません、ロウェルミナ殿下」

部下のフィシュから報告を受けて、ロウェルミナは小さく唸った。

「兄たちの妨害があるとは思っていましたが、対応が早いですね」

民衆の怒りが煽られ、ロウェルミナが兵を興すことを許容する民意が熟成されることは、兄皇子二人にとって脅威だ。当然それを妨害しに来るとは考えていた。

しかしこれまでの実績を考えると、二人の対応はもう少し遅れるとも思っていたのだが。

「……恐れながら、両派閥からの妨害だけが理由でない可能性がございます」

「どういうことです？」

「原因は定かではないのですが、民衆は兄皇子殿下への怒りよりも、帝国の未来に対する不安を強めているようなのです。各地に散らしている手の者からも、そのような声が強まっていると報告がございます」

「不安……」

その感情がおかしい、とは思わない。なにせ民衆を扇動した先には、兄皇子との武力衝突が待っているのだ。その未来を予見し、不安を抱くことはむしろ自然だ。

だが、それだけではないとロウェルミナは考える。その不安については計算に入れていたのだ。しかしその計算を上回る結果が出ている。だとすれば、自分は何かを見落として――

「あっ」

閃き(ひらめき)がロウェルミナの脳裏(のうり)を過っ(よぎっ)た。

恐らく原因はこれで間違いない。しかし、だとするのならば、

「これは――しくじったかもしれません」

ロウェルミナの横顔に、焦り(あせり)が滲ん(にじん)だ。

「そもそも、女帝の誕生なんてものはさして望まれてないんだよ」

ストラングは言った。

「帝国国民としては三人の皇子の誰かがさっさと皇帝になってくれればよかった。けれど実際は三人で派閥争いを繰り広げ、なかなか決着がつかなかった。そんな時に表舞台に立ったのがロワだ。けれど――」

「当初国民がロワに期待したことは、内乱を早く終わらせてほしいという、自分たちの代弁者としての役割ってことだろう？」

ウェインの言葉にストラングは頷いた。

「三皇子を発奮させてほしいとは思っていても、女帝になってほしいだなんて全く思っていなかったわけだね。もちろんロワもそれは理解した上で行動し、国民から信頼感を得ていった。反対に三皇子はなおも諍いを続け、求心力を失った」

「そして第一皇子ディメトリオの失脚のタイミングで、満を持してロワは帝位争いに名乗りを上げたわけよね」

ニニムは当時のことを思い出しながら口にする。

ディメトリオ失脚の事件は、ウェインと共に自分も関わった出来事だ。

「そう。皇子たちに失望していた国民はそれを受け入れ、そこに胡座をかくことなく、ロワは更に皇帝の座に近づくべく実績を積み続け、今日に至るわけだけど――」

一息。

「この期に及んでもなお、国民にとってロワは消去法で選んだ候補でしかない」

「……」

ウェインとニニムは揃って黙り込んだ。

それが否定や拒絶によるものではないと理解した上でストラングは続けた。

「多くの人は変化を嫌う。いや、面倒を嫌うかな？　新しい試み、新しい時代、その華々しい額面の裏側には、新しさに順応しなきゃいけない苦労があるからね。今までのやり方で食っていけるんだから今のままでいい、と思ってる民は決して少数じゃないと僕は思うよ」

それを怠惰と切り捨てるのはあまりにも乱暴だろう。

安定や変わらない日々を求める心は決して弱さではない。

「確かに女帝が生まれれば革新的な出来事さ。後世では意義のあることとして語られるだろう。けれど当事者の民衆にとっては迷惑でしかない。皇子たちがまともであれば、民衆は今からだって男の皇帝を望むよ」

「……だが、そうはならなかった」

ウェインがおもむろに口を開いた。

「たとえ消去法であろうとも、民は女帝を選ぼうとしている。そうだろう？」

「少し前まではね。でも、今はそこに陰りがある。先の暗殺未遂が原因でね」

「どういうことだ？」

「あの一件で人々はロワに同情し、非道な手段を選んだ兄皇子に怒った。でもそれ以上に、こう思ったのさ。――やっぱり女がトップじゃ駄目なんじゃないかって」

「ちょっと」

ニニムが不機嫌そうに言葉を挟んだ。

「それは理不尽な見解だわ」

「全くだ、僕もそう思うよ」

ストラングは笑って応じた。

「でもそれが民の偽らざる本音なんだよ。ロワはか弱い被害者を演じて民意を煽ろうとした。でも彼女が見せた弱さは、民にとって不安の種になったんだ。こんなか弱い人が皇帝になって本当に大丈夫なのかってね。……酷なことを言えば、ロワは強く、美しく、一切（いっさい）の傷のない完璧（かんぺき）な偶像じゃなきゃいけなかった。この人と一緒なら、新時代も乗り切れるという幻想を民に見せ続けるために」

むう、とニニムは不満そうに唸った。

しかし彼女とてストラングの主張は理解できる。帝国はこれまでずっと男性が帝位を受け継いでいた。女帝が生まれたことなど一度もない。民衆にとっては男性が皇帝になるのが疑問に持つまでもない自然の道理であり、これを覆すとなれば、それはもう莫大（ばくだい）な熱量が必要になる。その熱が今、冷めつつあるとストラングは言っているのだ。

「……ここまでの話は解った」

ウェインが言った。

「つまり、民衆に芽生えたその不安が原因でロワが負けるから鞍替えしろと？」

「いや？　現状だと七割方ロワが勝つと思うよ」

ストラングはあっけらかんと答えた。

ウェインとニニムは若干肩すかしを食らったような顔になる。

「バルドロッシュ殿下とマンフレッド殿下は失点が多いからね。いくらロワの女帝就任を不安に思うとはいえ、両殿下に比べれば全然マシってなるだろうさ」

「じゃあどこにナトラが鞍替えする理由があるのよ」

ニニムが問うと、ストラングは言った。

「理由は、ロワが勝った後だよ」

瞬間、ウェインが僅かに顔を歪めた。

それを察しつつストラングは続ける。

「ロワは女だ。それだけで周囲からは弱々しいと思われるのに、実際に弱みを見せてしまった。じゃあそんなロワが帝国のトップに立ったらどうなるか？」

「……属州からは独立のチャンス。西側からは攻め入るチャンスと見なされるだろうな」

「その通り。まあ代替わりしたての若い権力者が周囲からナメられるなんて、珍しくもない話だけどね。それこそファルカッソ王国のミロスラフ王子もそうだったし」

けれど、とストラングは言う。

「ロワはそこに女という立場と、帝国という重石が加わる。帝国は偉大な国だ。いや、偉大な国という看板がなきゃ崩壊すると言ってもいい。それらを全て踏まえた時、ロワは自身の領土的野心と関係なく、自らの強さを内外に示すため、即位後に一発かまさなきゃいけないという政治的必然性が生まれるんだ」

「……それでナトラか」

「と、僕は予想するわけ」

ウェインは思わず唸った。

「どういうこと？」

　理解が追いつかないニニムは首を傾げる。

そんな彼女にストラングは言う。

「かます相手としてベストなのはファルカッソ王国さ。少し前に兄皇子たちを打ち負かし、華々しい箔を身につけたミロスラフ王子は、ぶん殴るには最適だ。これができれば兄皇子たちより上として、ロワの武名は大きく飛躍するだろうね」

「だができない」

　苦々しい面持ちでウェインが言う。

「ファルカッソが帝国の手に落ちれば西側諸国にとって大きな脅威だ。もしもぶつかり合うとなれば、西側は全力でファルカッソを支援するだろう。内乱で疲弊した帝国ではそれを相手取るのは重い負担だ」

「かといって大陸中央、ミールタースから西側に打って出るのも辛い。何せ場所が文字通りのど真ん中だからね。西側に顔を出した瞬間周辺諸国から袋だたきだよ」

そこまで二人が口にしたことで、ニニムもようやく理解する。

大陸南方のファルカッソがダメ。中央のミールタースから踏み出すのも危うい。そして残った殴れる相手となれば、

「だから、ナトラを攻撃する……⁉」

ニニムは思わずそう口にして、しかし振り払うように言った。

「ナトラは帝国の同盟国よ⁉」

「そう、同盟国。属国でも属州でもない。いつでも盟を切れるし、切られる間柄だ。まして率いてる王太子は大陸屈指の蝙蝠(こうもり)クソ野郎で」

「おい」

「失礼、極めてバランス感覚の優れた王太子で、西側からも危険視されてる。同盟国なのに西側にいい顔しがやってこの野郎――なんて殴りかかっても心は痛まないし、西側もナトラを助けるどころか拍手を送るだろうね」

「そっ……」

ニニムは反論を口にしようとして、しかしそれが喉(のど)から先に出ることはなかった。ストラングの言葉に納得する気持ちが確かにあるからだ。

「もちろん、そうは言っても同盟国だ。理由は色々つけられるとはいえ、一方的に殴りかかる

のは帝国の体面に良くない。本来なら止めようとする連中も出てくるだろうけど――ここで少し、下世話な話も絡んでくる」

「下世話？」

「ロワってまだ独身だろ？　今じゃ求婚者が列をなす立場だけど、全員袖にしてる。もちろんそれは政治的な理由が大半だろうけど、その実、どこぞの蝙蝠に恋い焦がれてるからって噂、結構根強いんだよね」

「……」

　ウェインとニニムは揃って天を仰いだ。

　そんな二人の様子に笑いながらストラングは言う。

「帝国の有力者にとっては、ウェインは邪魔な恋敵なのさ。それを除いても、ただの皇女だった時ならともかく、女帝の伴侶が外国の王太子なんて許容できるはずもない。なので、その辺りの憂いを断つためにも、ナトラを殴るのは誰も止めないと僕は思うわけ」

　馬鹿げている、信じられない――と一蹴できたらどんなに楽だろうか。

　しかし納得できる。話を聞くほどに有り得そうだと感じてしまう。

　何という因果か。皇帝になろうと策を弄するロワと、そのロワと強い結びつきを持つウェイン。本来ならば値千金の二人の関係が、ここにきて血塗られた因縁になりかねないなど、どうして予想できようか。

「このままいけばロワが勝つ。でも、ロワが勝てばナトラが窮地に陥る。……少し長くなったけど、これがロワを切るべき理由さ」

ストラングは、ウェインとニニムの懊悩を前に、ふてぶてしくも言ってのけた。

「どうかな？　少しはこちらとの協力を真剣に考えてくれるようになったかい？」

日も暮れたところで、話し合いは一旦打ち切られた。

「今日は久しぶりに会えて楽しかったよ」

自らの宿に戻る途中、見送りに出たニニムにストラングは言った。その表情が晴れやかなのは、話し合いに手応えを感じているからこそだろう。

「私たちもよ、と言いたいところだけど」

「ロワを切るべきと言ったことが不満かい？　相変わらずニニムはロワ贔屓だね」

「……そんなことないわよ」

否定しつつも声音は鈍い。ニニムも自覚しているところはあるのだ。とはいえ気心知れた同性の親友なのだから、自然なこととも言えるが。

「まあそんなに怒らないでよ。僕だってロワが憎いわけじゃないんだ。もちろんグレンもそう。

ただ、この予選を勝ち抜かないと本戦に挑めないものでね」

　本戦というのがウェインとの対決を意味していることは、二人の間で語るまでもなかった。

「……貴方たちのウェインへの対抗心も相変わらずね」

　ニニムは小さくため息を吐く。学生時代から彼らはこうだった。ウェインの能力を認め、五人のリーダー格であることを認め、しかしなお、負けまいという意思を強く持っていた。それが学校を卒業し、一旦離れ離れになった今も保っているのだから、呆れるべきか、感心すべきか。そんなことを考えていると、

「そういうニニムはどうなんだい？」

「え？」

　予想だにせぬ問いに、反応が遅れた。

「ニニムだって、ウェインに挑みたいと思ったことはあるんじゃないかと思ってさ」

「……無いわよ。私はそういうことに興味ないの」

　答えたものの、そこに僅かな沈黙が挟まれたことは明らかだった。

　しかしストラングはあえて追及はせず、力を抜いて笑う。

「まあ、ウェインと雌雄を決するなら今の時代を利用しない手はないからね。二人にはもう少し付き合ってもらうよ」

　ストラングはそう言うと手を振って去って行った。

残されたニニムは小さく呟く。

「私がウェインと戦う、ね……」

「どーしたもんかなあ」

そしてストラングが部屋を辞した後。

ウェインはソファの上でうねうねしながら呻いていた。

「……」

「うん？　どうしたニニム」

「何でも無いわ。それより、ロワが勝つことでこっちに被害が出るかもしれないなんてね」

間違いなくこちらが想定していなかった指摘だ。そして無視できない指摘だ。

「もちろんあくまでストラングの主張でしかないけれど……ウェイン、どう思う？」

「十分に有り得るだろうな」

女帝への道が険しいことは言うまでもないが、女帝になってからの道はなお険しい。更に帝国自体が疲弊していれば――そのおかげで女帝の道が生まれたとはいえ――尚更(なおさら)だ。

その道を進むために同盟国を踏み台にせねばならないとすれば、どんな私情があろうとも、ロウェルミナが躊躇うことはないだろう。

「まあそもそもロワ自身、別にこっちを殴りたくないなんて思わないだろうし」

「むしろ理由があるなら嬉々として殴ってくるわよね」

ウェイン殴っていいんですかやったー、と喜ぶロウェルミナの姿が、これ以上ないほど鮮明に二人の脳裏に過った。

「でも、だからといってマンフレッド側が全面的に信用できるとは思えないわ」

「それも同感だ。武威を示さなきゃナメられるってのは、マンフレッドも同じだしな」

先頃、ファルカッソ王国のミロスラフ王子率いる軍によって、マンフレッド軍とバルドロッシュ軍は大きな痛手を被った。この記憶は帝国の民にとっても真新しいもので、当然両皇子への信頼は大きく損なわれたことだろう。

「まあストラング曰く、力をつけた後にファルカッソを殴る予定らしいが……」

マンフレッドにとってみても、恥を濯ぐ相手として相応しいのはファルカッソだ。

そしてロウェルミナと違い、元より属州を取り込んでいるマンフレッド派閥は、属州に対する抑えが利く。

即位した後も、属州の暴走を封じ込めつつ帝国の力を回復させ、満を持してファルカッソ王国、ひいては西側との衝突に臨むというのがストラングの主張だ。

「そしてファルカッソとやり合う以上、北側の大陸公路を押さえているナトラとの同盟を維持するのが政治的必然、と。……理屈は一応通ってるな」

「でもどこまで信じていいのかしらね」

ニニムはあくまで懐疑的というスタンスを崩さない。これまでの経緯を思えば当然ではあるが、ロウェルミナへの友誼に引っ張られている側面もあるだろう。そんな彼女にウェインは苦笑を浮かべながら言った。

「まあ簡単に信じてもらえないことは向こうも織り込み済みだろうし、だからこそあの協力の内容だろ」

「あれがむしろ怪しいのよ。……何もしなくていい、だなんて」

マンフレッド陣営へどのように協力しろと言うのか。

そうウェインが問うと、ニニムが口にした通り、ストラングは何一つとして要求することはなかった。ただ当初の予定通り教主エルネストとの会談を終えて、ナトラに帰国してくれればそれでいい、と。

「正しく読み込めば、俺という外的要因に帝国から離れてほしいってのが要求なんだろうな」

ストラング自身が語った通り、現状はロウェルミナ優勢だ。これを覆すのは生半可なことではあるまいが——しかし自力での勝ち目があるからこそ、ウェインを味方につけるのではなく、遠ざけようとしているのだろう。自力で勝つ方法については、今のところ見当もつかないが。

「……それで」

ずい、とニニムが顔を寄せた。

「結局どうするの？ ウェイン」

「そうだなあ……」

ロウェルミナに手を貸すのならば、彼女との連絡を密に取りつつ、事態の推移を見守れる位置にいるのがベストだろう。逆にマンフレッド側に寄るのならば、エルネストとの会談の後、速やかに帰国すればいい。

小憎たらしいのは、こちらはあくまで会談の名目で帝国を訪れただけで、帰国したとしてもロウェルミナに対する背任にはならないことか。むしろ帰国するだけでマンフレッドに恩を着せられるのならば、これほど安上がりなものもない——と思わせるのが、ストラングの狙(ねら)いなのだろう。相変わらずしたたかな眼鏡(めがね)野郎だ、とウェインは思った。

「正直、迷うところだな。ロワとマンフレッドを天秤(てんびん)にかけて、勝ち馬を見極(みきわ)めるってのが一番らしいっちゃらしいんだが……忘れちゃならない要素がまだ残ってる」

「それって……？」

ニニムが小首を傾げた時のことだ。

「失礼します！」

慌てた様子で、部屋に官吏が飛び込んで来た。

「帝国に動きがありました！ 第二皇子バルドロッシュが挙兵した模様です！」

ニニムが驚きに目を見張る中、ウェインは小さく笑った。

「どうやら、最後のピースが動いたようだな」

第四章 グレン

「急げ！　一刻も早くマンフレッド殿下の元へ！」

地を駆ける馬の手綱を握りしめ、ストラングは後続の部下たちに声を上げる。

「ストラング様！　これ以上は馬が持ちません！」

「途中で乗り換える！　とにかく今は時を優先しろ！」

ウェインとの会談に手応えを感じていたストラング。

さらに踏み込めるやもと考えていたのだが、そこにバルドロッシュ軍挙兵の報告が入り、方針の転換を余儀なくされる。

（これほど早く動くとは……！）

ストラングは不本意ながら最低限の目的は達したとして会談を打ち切り、マンフレッドの元へと帰還を選ぶ。

（到着するまでにどこまで状況が動くか……）

焦燥を胸に抱えながら、ストラングは馬を走らせ続けた。

「馬がまるで足りておらんぞ。どこぞから集められんのか？」

「ううむ、ツテがあるにはあるが質の方がな……」

「この際贅沢は言ってられん。とにかく数を揃えるのが優先だ」

「頭数でいえば歩兵もだ。とにかく片っ端から召集をかけろ」

そこはバルドロッシュ陣営が詰める屋敷の会議室。

派閥の長たるバルドロッシュの前では、陣営の幹部たちが討議を繰り広げていた。

その熱気たるや意気軒昂の一言だ。派閥の弱体化に伴い、ここしばらくは陰鬱な空気が漂っていたが、今はその面影などどこにもない。

だが、それもそのはずだ。

これからバルドロッシュ陣営は、最後の決戦に臨もうというのだから。

「……」

そして黙したまま鎮座するバルドロッシュもまた、覇気で満ちていた。これまでの数多の失敗は彼の自尊心を傷つけてきたが、今の彼には傷をものともしない堂々とした威風があった。

「バルドロッシュ殿下、ご要望の物資の方、滞りなく手配いたしました」

そんなバルドロッシュに影より近づいたのは、一人の女だ。

名をアイビス。肩書き上は商人であり――その正体は西のレベティア教重鎮、カルドメリアの部下である。

「届くのはいつ頃になる？」

「こちらで兵が揃う頃には、全て届くかと存じます」

恭しく語るアイビスだが、言うまでもなく、バルドロッシュに対する敬意など存在しない。帝国の皇子たる彼をあくまでも駒として見ており、それを理解した上で、バルドロッシュは鼻を鳴らす。

「そうでなくては。この決戦を唆したのは、貴様なのだから」

バルドロッシュ陣営がカルドメリアの手の者と接触したことは、これが初めてではない。邪悪な思惑を抱えているであろうアイビスを速やかに受け入れたのも、その過去があるからだ。

「唆したなど、とんでもございません」

アイビスは妖しく笑う。

「私はただ、殿下の陣営が最も勝ち目のある策を献上しただけにございます」

先日姿を現したアイビスは、開口一番、こう告げた。

『今すぐ決戦に踏み切るのがよろしいでしょう』

アイビス曰く、バルドロッシュ陣営は派閥の中で最も軍事力に優れている。

それがこうも後塵を拝しているのは、ひとえに綺麗に勝とうとする意思が原因であると。

『民衆の支持など捨て置けばよいのです。邪魔な者を片っ端から武力で打ち払い、皇帝となり得る人間が殿下ただ一人となれば、民は自然と殿下に頭(こうべ)を垂れましょう。殿下がこうして剣を抜くのを迷われている時間は、策を弄する者たちを利するだけのものです』

　だからこその短期決戦。これ以上手をこまねいていても状況は改善しない。今すぐ決起して帝都にいるロウェルミナを討(う)ち、返す刀でマンフレッドを討つ。そのためならば支援は惜しまない――そうアイビスは主張した。

　あまりにも暴力的な意見だ。しかしながら、陣営の幹部たちは意外なほど素直にその主張を呑(の)み込(こ)んだ。

　彼らも解(わか)っていたのだ。暗殺に失敗し、あまつさえ嫌疑を押しつけられては、もはや机上でどうこうしても状況は改善はしない。かくなる上は打って出るしかないと。

　そこに西側――もちろん表向きは商人からだが――からの支援があるのならば渡りに船。一体どういう狙(ねら)いがあってこちらに肩入れするのかは謎(なぞ)だが、支援に偽りがないのならばそれで十分と割り切り、かくしてバルドロッシュ陣営は決戦の準備を始め、現在に至るのであった。

「手の者によれば、ロウェルミナ殿下の陣営、マンフレッド殿下の陣営、共々こちらの迅速な動きに慌てている様子です。これならば先んじて攻撃することも可能でしょう」

「で、あればよいのだがな」

　そう口にしながらも、バルドロッシュは摑(つか)んだこの主導権が決め手と確信する。

これを握ったまま二人を倒す。それが叶わず主導権を奪われることがあれば、恐らくその時が敗北する時だと、直感が囁いていた。

（劣勢は承知の上……だが勝ってみせる、この俺が！）

漲る決意を四肢に宿し、バルドロッシュは戦いの時を待つ。

グレンの生まれたマーカム家は、代々戦で働きを示してきた家系だ。

もちろん、代々といっても所詮は下級貴族。大層な歴史も華々しい実績もないことは、その立場が示している。それでも両親が語る祖先のささやかな活躍は、幼きグレンの眼を輝かせ、自分の家柄を誇りに思わせるのに十分な効果があった。

そんなグレンが剣を握るようになったのは、自然の成り行きと言えよう。そして剣が性に合っていたということもあり、士官学校に入る頃には、剣士として熟練の域に達していた。

だが、そこでグレンは壁にぶつかる。

一つは熟達したからこそ、そこからの成長速度が遅くなったこと。士官学校で彼に匹敵する剣士がおらず、モチベーションが低下したこと。何より周囲の環境――両親、教師、友人たち――がそれを許容していることが原因だった。

このままではダメだ、と思った。このままでは徐々に自分は腐り、怠け、沈んでいく。新しい環境、厳しい環境に身を置かなくてはならないと。

そんな時、グレンはウェインたちと出会う。

衝撃を受けた。グレンはウェインたちと出会う。傍若無人な、傲慢ともいえる態度。それを周囲に許容させる恐るべき才覚。器量。彼らは——特にウェインは、これまでグレンの周りにはいなかった性質の人間だった。

とある三人組が最近目立っているらしいと、噂には聞いていた。しかし直に目にしたことで、彼らが目立っている程度で終わる存在ではないと確信できた。同時に、彼らの傍こそが自分の求めていた環境であるとも。

迷いがなかったといえば嘘だ。

彼らと共に歩けば、密かな自信や自負が砕かれる未来すら予見した。

しかしそれでも、踏み出さねばならないと、意を決した。

「少しいいだろうか」

グレンは決意と共に、三人に声をかけた——

◆◇◆

「……ふう」

そして現在。

バルドロッシュ軍の軍事教練場の一角に、グレン・マーカムの姿はあった。

鍛え上げた半身を惜しげもなく晒し、立ち上る熱を外気で冷ます姿は、まさに屈強な戦士と表現する他にない。教練場には彼以外にも多くの兵が訓練に勤しんでおり、張り上げられた兵たちの声は、途絶えることなく響き続けていた。

「どうにか見られる程度にはなったか……」

兵たちの様子を観察しながらグレンは呟く。

決戦に向けてバルドロッシュ陣営は兵を集めている。当然その質は様々で、多くの場合が新兵や弱兵だ。そのため決戦までの間、少しでも全体の質を高めるべく、グレンのような部隊長はそれぞれ配下の兵の教導にあたっていた。

バルドロッシュ陣営の強さは、すなわち武力だ。兵の底上げを疎かにすれば戦略は足下から瓦解する。それゆえに、グレンは自分を未だ若輩と思っているが、兵を指導しろという命令に従うことに否はなかった。

（これで、どこまであいつらに迫れるか……）

脳裏に厄介なる友人二人を思い浮かべていると、部下の一人が近づいてきた。

「グレン隊長、お客様がお見えです」

「客？　俺にか？」

「はい、リアーヌという方で今は屋敷の応接間に」

「っ……!」

瞬間、珍しく、本当に珍しくグレンは血相を変えた。

矢も盾もたまらず駆けだそうとして、自らの格好に気づき、方向を転換。近場にあった井戸の桶を掴むと、頭から水を被る。そのまま水滴を拭うことすらせず向かうのは兵舎だ。

士官用の自分の部屋に飛び込むと、布切れで体を拭い、礼装を引っ張り出す。急いで袖を通し、最低限身なりをチェックすると、兵舎に隣接する屋敷へ。

そして応接室の扉の前で一呼吸置いた後、軽いノックをして、扉を開いた。

「すまない。待たせたな、リアーヌ……!」

「グレン様」

そこに居たのは一人の女性だった。

儚げで繊細。深窓の令嬢、という言葉がそのまま当てはまるかのような女性だ。あるいは人形のようにすら思えるが、グレンを認めるや否や華やいだその表情が、彼女が紛れもない人であると証明していた。

「いいえ、待ってなどおりません。むしろ私の方こそ突然押しかけてしまってご迷惑を」

「婚約者が会いに来ることを、迷惑になど思うものか」

グレンの生まれたマーカム家は末席なれど帝国貴族の家だ。そして貴族にありがちなことといえば、家と家の結びつきを目的とした政略結婚である。

その典型的な例がグレンとリアーヌだ。リアーヌもまた帝国貴族の令嬢であり、グレンとは家同士が決めた婚約者となっている。こういった婚姻では、当事者同士の感情は置いていかれていることも多々あるが――

「グレン様、御髪(おぐし)が濡(ぬ)れて」

「ああ、ありがとう。先ほどまで訓練をしていてな」

ハンカチを取り出し、グレンの髪をそっと拭うリアーヌと、されるがまま受け入れるグレンの様子を見れば、少なくとも二人が婚約者という関係を厭(いと)ってはいないことは明らかだった。

「それでリアーヌ、今日はどうしたんだ？」

兵士たちが訓練する場所なだけあって、ここは完全な男所帯だ。リアーヌのような令嬢がおいそれと足を運ぶようなところではない。もちろんただ婚約者に会いに来たというだけでも歓迎ではあるが――

「実は、噂を耳にしたのです。もうじき、大きな戦が始まると」

意外、とは思わなかった。正式に発表こそしていないものの、バルドロッシュ陣営は片っ端から兵や物資を集めている。この動きが周辺に察知されないわけもなく、何事か大きな動きが起きるであろうと予想することは、多少目端が利(き)く者ならば容易だ。

「隠し事はすまい。リアーヌが聞いた通り、もうじきバルドロッシュ殿下は兵を率いてマンフレッド皇子、ロウェルミナ皇女の両名に決戦を挑むおつもりだ。もちろん俺も参加する」

「そんな……」

リアーヌが息を呑む。彼女とて今のバルドロッシュ陣営の苦境は知っているのだろう。勝利への期待ではなく、敗北の予感がそこにはあった。

「決戦の地は定かではないが、恐らく帝都付近は過酷な戦場になろう。しばらく地方へ避難しておいてくれ。その方が俺も安心できる」

できるだけ安心させせようと慣れぬ微笑み(ほほえ)をリアーヌにかける。しかし案の定というべきか、リアーヌの心を安らげるにはあまりにも不足していたようで、彼女は沈痛な面持ちで呟いた。

「……申し訳ありません。グレン様を私の家の事情に巻き込んでしまって」

彼女の言葉の意味するところを、グレンはすぐさま理解する。

というのもリアーヌの家は下級なれど、バルドロッシュ陣営幹部の親戚なのだ。その関係からバルドロッシュ陣営に頭を垂れる他になく、婚約者たるグレンの家もまた自然とそちらにつくことになった、という背景があった。

しかしそのバルドロッシュ陣営は落ち目の現状、沈む船に巻き込んでしまった、という負い目がリアーヌにはあった。

「リアーヌ、それは違うぞ」

そんな彼女の手を握り、グレンは優しく諭した。

「家の事情と関係なく、俺は恐らくバルドロッシュ殿下の下についていただろう」

「それは……なぜです？」

問われ、グレンは数秒黙り込む。答えを探すためではなく、答えを正しく言葉にするために。

そして沈黙の後、彼は言った。

「友がな、ロウェルミナ殿下とマンフレッド殿下の下にそれぞれ一人ずついるのだ」

「御友人が？」

リアーヌは小首を傾（かし）げた。

「それでしたら、尚更（なおさら）どちらかにつくべきでは」

「普通はそうかもしれん。だが俺たちは違うのだ」

懐かしむようにグレンは続ける。

「同じ道を歩き、手を取り合い、肩を並べた。あいつらは間違いなく俺の友だ。……しかし同時に皆がこうも考えていた。もしも俺たちが戦った時、勝利を得るのは誰（だれ）になるかと」

「……」

「俺たちは確かめたい。誰が上なのか。俺たちは試したい。己（おのれ）がどれほどの高みにあるのか。そのためには、認め合う友の敵に回るのが一番だ。だからこう言ってはなんだが、俺たちは内乱に巻き込まれたわけではない。俺たちが内乱を利用しているのだ」

リアーヌは呆気（あっけ）にとられた様子で眼を瞬（しばた）かせる。まあ仕方ないとグレンは思う。この衝動はなかなか理解を得られないだろう。ましてそのために命がけになるなどと。

「……では、グレン様は二人の御友人と戦い、勝つことが目的なのですか？」

「そうだ。だがそれで終わりではない」

グレンは言った。

「かつての友の中でも、一人、俺たちを先導する奴がいてな。そいつは当時から傑出していたが、この動乱の時代において一足早く大陸に己の才覚を知らしめた。……この内乱を征した暁には、あいつに挑むことになるだろう」

あるいは、と思う。

自分たちはずっとあいつに——ウェインに認められたいのかもしれないと。

しかしそれが困難であることは解りきっている。学生だった時代から、ウェインは遙か遠くを見ていた。ロウェルミナたちも気づいていただろう。ウェインは間違いなく友であり、しかしウェインは一度たりとも友を必要としていなかったことを。

業腹だった。屈辱だった。あいつの前に立ち、襟首を掴み、こっちを見ろと叫びたかった。

だからこそ今は最大の好機なのだ。帝国が新たな皇帝を迎えた後、遠からずナトラとは戦う運命にあるだろう。なればこそ己の属する派閥を勝たせ、その道のりで残る二人も打ち倒すことで、証明するのだ。自分こそが、あの竜に挑戦する器であると。

「……その、私にはグレン様の仰ることはよく解りません」

リアーヌはおずおずと口にした。

「ですが、グレン様がその御友人との関係をとても大切にしているのだとは感じました。……それこそ、嫉妬してしまうほどに」

最後の言葉に、グレンは小さく噴き出した。

「心配するな。あいつらはあくまで友でしかない。俺が愛するのはリアーヌだけだ」

「本当でしょうか？　その御友人に女性などは含まれていないのですか？」

「あー……まあ、居るには居るが」

「……」

つんつん、とリアーヌの指がグレンの腕をつついた。

そのこそばゆい抗議にどうしたものかと考えていると、部屋の扉がノックされた。

「失礼します。グレン隊長、もうじき会合のお時間ですので」

「解った。準備をする」

部下に応じて下がらせてからグレンはリアーヌに向き直る。

「そういうわけだ、リアーヌ。できればもう少し話していたかったが」

「いいえ、そのお気持ちだけで十分です」

リアーヌはグレンの手を握った。

「私ができることなど何もありませんが、精一杯、グレン様の勝利をお祈りします」

そんな彼女にグレンは微笑み、手を握り返した。

「ああ、任せておけ」

「……マズいですね」

クリームたっぷりのパンケーキを口にしながら、ロウェルミナは呟いた。

「お口に合いませんでしたか？」

「いえ、これは大変美味しいです。癒されます」

もぐもぐとパンケーキを咀嚼しつつ、ロウェルミナはフィシュに向かって満足そうに頷く。

「やはり甘い物はいいですね。特にこの屋敷、居心地はなかなか良いのですが、食事は奇天烈なものを出してきますし」

ロウェルミナは帝国皇女であり、今はケスキナルの屋敷における客人でもある。当然帝国宰相として最大限の持て成しをするべきなのだが、ケスキナルと食事を共にすると、毎度のごとく揚げた虫やら見知らぬ獣の丸焼きやらが出てくるのだ。

ケスキナル曰く、これらは帝国が征服した土地の郷土料理であり、その土地に対する理解と見識を深めるために普段から調理させているのだという。

嘘つけこの野郎。絶対私への嫌がらせだろ——と当初は思っていたものの、ケスキナルは当たり前のようにその料理を口にしていくので、どうやら本当らしい。つまり奇天烈料理の数々はロウェルミナに対する本心からの持て成しで、逆に彼女は戦慄することになった。

「あんなものを食べ続けてたら胃がひっくり返ってしまいます。ケスキナルには悪いですが、当面はこの甘味でお腹を満たしてやりすごすとしましょう」

などと、パンケーキを頰張りながら宣言するロウェルミナだが、その傍でフィシュがおずおずと言った。

「殿下、念のため申し上げておきますと、殿下は今この屋敷に籠もりきりです」

「それが何か？」

「その状態であまり甘味を食べ過ぎるのは……」

「……」

ロウェルミナは自分の腹部を軽くつまんだ。

ぷにぷにしていた。

「で、殿下！　それよりも先ほどのマズいというのは、食事のことでないのでしたら如何なる意味でしょう⁉」

フィシュが慌てて話をすり替えると、ロウェルミナも腹部から目を逸らし、何事もなかったかのように応じた。

「それはもちろん、私たちの置かれている状況ですよ。……フィシュ、兵の集まりはどうなっています？」

「正直に申し上げますと、芳しくありません」

資料を手に取り、難しい顔をしてフィシュは答える。

「バルドロッシュ軍は現時点で一万弱はあると思われますが、現状こちらの兵力は五千にも満たない有様です」

「ですよねえ。やはりマズいです」

しかもバルドロッシュ軍の中心は帝国屈指の精兵で、こちらは実戦経験などろくにない弱兵の集まりだ。真正面からぶつかればあっという間に蹂躙されるだろう。

「民意の熟成より先に、バルドロッシュ派閥に動かれたのが手痛い失点でしたね……」

ロウェルミナが呻く。今更言っても後の祭りだが、あれが分岐点だった。

「こちらの派閥内にも、特に元ディメトリオ殿下派閥の者たちを筆頭とした保守派に、日和見しようとする者たちが出てきています」

フィシュは続けた。

「無論時間をかければもっと兵を呼ぶことはできるでしょうが、バルドロッシュ軍がそれまで待ってくれるかは……」

平和を愛するロウェルミナが武装するには、民意の後押しが不可欠だ。しかしその民意が思ったよりも伸びず、そうこうしている内にバルドロッシュ派閥が動き出してしまった。そうなると当然ロウェルミナ派閥にも動揺は走る。

(あの兄のことですから、もう少し迷うかと思っていましたが……)

猪武者のようでいて、意外なほど慎重なのがバルドロッシュだ。そこがロウェルミナやマンフレッドにとって付け入る隙だったのだが、ここに来て大胆に動き出した。

(手の者の報告では西側から物資が流れているそうですし、西側の誰かから援助を受けているのでしょうね)

このままだとこちらの兵が揃う前にバルドロッシュは軍を動かし、帝都に攻め込んでくるだろう。そして帝都は権威と商業を重視した都市であり、防衛設備としては下の下だ。防御に徹したとしても防ぎきれるものではない。

「殿下、このままでは」

「解っています。……フィシュ、ウェインの使節団は今どの辺りに?」

「予定ではそろそろヴェイユ湖の北口辺りには到達しているはずですが……情勢が情勢ですので、どこかで足を緩めて東レベティア教側と会談の調整をしているかもしれません」

「では急ぎ使節団を捜しに向かってください。ナトラに援軍を要請します」

ロウェルミナが言うと、フィシュは眉根を寄せた。

「援軍ですか?　しかし地理的に」

「援軍自体は間に合わないでしょう。ですがナトラが公式にこちらに援軍を出すとなれば、それを呼び水に兵を集めやすくなります。当然代わりに何か吹っかけてくるとは思いますが、貴女の裁量で判断してください。今は時間を優先します」

「畏まりました。すぐに発ちます」

一礼するとフィシュはすぐさま踵を返して出立した。

それを見送った後、ロウェルミナは瞑目する。

(まだ勝ち筋はある……だからこそ、気になるのはマンフレッドですね)

ロウェルミナはストラングの動きを知り得ない。

しかしそれでもあの陰険メガネが、何かをしている、何かをしてくるとは確信していた。

それを捌けるか、あるいは絡め取られるか。ロウェルミナは深く考え続けた。

ストラングがマンフレッドの屋敷に戻ると、そこは戦場もかくやというような慌ただしさに包まれていた。
「マンフレッド殿下！」
「ああ、戻ったか、ストラング」

忙しなく出入りする人々を掻き分けて、マンフレッドの居る部屋へと到達すると、そこに居た主君は一目で疲労が溜まっていると解るような顔色だった。

「状況はどうなっていますか？」

普段ならば主君を慮るところだが、今はその猶予が惜しい。単刀直入に切り出すと、マンフレッドは手元の資料をストラングに渡しつつ言った。

「バルドロッシュの挙兵の報せを受けて、こちらでも兵を呼び寄せているところだ。ただ知っての通り私たちの派閥を構成するのは属州の有力者たち。各州からの兵が集まるには時間がかかるだろうな」

マンフレッドはため息を吐く。

「バルドロッシュの動き出しはもう少し遅れるというのが君の予想だったが……外れたようだね、ストラング」

「申し訳ありません」

バルドロッシュはまだ動かない。その前提でストラングは計画を走らせていた。主君たるマンフレッドにも同様の説明をしていたため、嫌みの一つや二つは仕方ない。

「ですがこれで負けたわけではありません」

そう、予想外のことではあるが、挽回の余地はある。

否、動かしている策さえ成就すれば、勝利は疑いようがない。

「こちらはウェイン王子への使者として向かっただけの甲斐(かい)がありました。殿下の方は如何(いかが)でしたか?」

「ああ、何とか話はついた。近々発表されるだろう」

「――素晴らしい」

ストラングは言った。

「これでウェイン、は、完全に封じ込められた」

「――残念ながら、我が国から援軍は出せない」

ウェインは苦渋の面持ちで、その言葉を口にした。

対面にいるフィシュの眼が驚きに見開かれる。

しかしそれでも、そう言う他になかった。

(やってくれたな、ストラング……)

脳裏に浮かぶ友が、獰猛(どうもう)に笑った気がした。

かくして三匹の蛇は絡み合い、ただ一つの頂へと駆け上がる。
誰よりも勝利を望み、勝利への道筋を見据えながらも、そこに至れるのは一匹のみ。
勝ち残る蛇は、果たして——

第五章 ウェイン

東レベティア教の信徒にして、枢機卿と呼ばれる幹部の一人であるユアンにとって、ここ最近の情勢の激変ぶりは、頼むから冗談であってくれと願うようなものだった。

何が悪かったのかと言えば、タイミングだろう。

今や飛ぶ鳥を落とす勢いのナトラの王太子ウェインと、東レベティア教の教主エルネストとのトップ会談。更にナトラではなく帝国での実施。これが実現すれば、東レベティア教の影響力はより大きなものとなる。その確信の下で会談成立のために尽力した。

しかしながら会談にはこぎ着けたものの、開催場所はナトラに、という流れに持ち込まれかけてしまう。これは自分の力量不足によるものであり、猛省すべきことだ。

が、そこから話は予想だにしない方向に吹き飛んでいく。

まず皇女ロウェルミナの暗殺事件。

これを知ったユアンは言うまでもなくひっくり返った。帝国におけるロウェルミナ人気の高まりは彼も肌で感じていた。更に言えば、ユアン自身も密かにロウェルミナ贔屓だった。そんな彼女が亡くなったとなれば、帝国はどうなるのか。暗雲が立ちこめるどころか、突然の雷雨に晒されたような衝撃だ。

とはいえこの件は程なく誤報という情報が届けられ、ユアンは胸をなで下ろす。更に帝国の情勢を重く見たウェイン王子が、帝国を来訪する理由として、帝国での会談を了承したのはまさに望外の幸運だ。

が、喜べたのはここまでだった。

ロウェルミナ皇女と宰相ケスキナルの接近。暗殺の嫌疑で皇子たちへの怒りを募らせる国民。それに伴って不穏な動きを見せる両皇子。帝国の情勢は一気に悪化し、会談の調整役として奔走していたユアンは一秒たりとも気が休まらなかった。

（い、いっそ中止できれば……！）

だが一国の王太子をわざわざ会談のために招待しておいて、やっぱり中止しましょう、とこちらから申し出るのは体面が悪い。どうにかそちらから中止を申し出てくれないかとそれとなく打診したものの、これをウェインは完全にスルー。知ったことかとばかりに帝国を進み続けるナトラの使節団に、ユアンは頭を抱えた。

かくなる上は迅速に会談を終わらせ、帰国させる他にない。

そう思っていたのだが――

「……まさか、こんな事態になるとはな」

ユアンの脳裏にあったのは、バルドロッシュ軍挙兵の報――ではない。

確かにその件も大事だが、その後で更なる一大事が起きていたのだ。

「もはや我々も、無関係を貫ける立場ではないか」

ユアンは苦々しい口振りで視線を手元に落とす。

そこには、一枚の紙が握られていた。

「な、なぜですか摂政殿下⁉」

ヴェイユ湖の北にある街でウェインたち一行を捕捉したフィシュは、勢いのまま会談を申し込み、ナトラに対して援軍を求めた。

しかしそれに対するウェインの返答は、ナトラから軍は出せない、というものだった。

「費用の問題でしたらこちらで補塡いたします！　実際に出兵されなくても構いません！　あくまでも、ナトラがロウェルミナ殿下を軍事的にも支持する姿勢を表明していただくだけで」

「それができない、と言っている」

声を上擦らせるフィシュを、ウェインは非情に一蹴する。

「見るといい。少し前に東レベティア教から発行されたものだ」

そう言ってウェインが示したのは一枚の紙だ。

受け取ったフィシュはまじまじと記されている内容を読み取り――驚愕する。

「……東レベティア教が、バルドロッシュ殿下を弾劾⁉」

曰く、第二皇子バルドロッシュは帝国の皇族でありながら西側のレベティア教と通じ、その援助を得て皇帝にならんと画策している。彼が皇帝になれば西側の傀儡になること疑いなく、東レベティア教として、そして帝国の臣民として、甚だ容認できることではない――そう弾劾する内容が、東レベティア教の名の下に記されていたのだ。

「こちらに駆けつけるのに手一杯で、この情報は届いていなかったようだな」

「それは……仰る通りですが……こんな……」

信じられないという思いでフィシュの頭は一杯になる。

東レベティア教はこれまで帝国と、いや俗世の権力と一定の距離を取っていた。帝国もそれを尊重し、無理して距離を詰めることはしなかった。どちらかに変事があっても、干渉は慎重に行うという不文律が互いにあったのだ。

それがまさか、こんな形で覆るなど。

「驚くのも無理はない。しかしバルドロッシュ皇子が弾劾されたことは、この際どうでもいい。我々にとって問題なのは、レベティア教と東レベティア教が出張ってきたことにある」

ウェインは言った。

「この弾劾によってバルドロッシュ皇子は帝国の裏切り者となり、レベティア教に属する者として認知されるだろう。そしてマンフレッド皇子やロウェルミナ皇女は、東レベティア教の代弁者としてバルドロッシュ皇子を討伐しようとする。……これでナトラがロウェルミナ皇女に援軍を出したら、さて、どうなる？」

そこでようやくフィシュもウェインの言わんとしているところを理解し、戦慄した。

「……ナトラが東レベティア教と手を組み、レベティア教を攻撃したと世間に見なされかねません」

ウェインは頷く。

「そうだ。そしてナトラは地理の関係上、東西のバランスを取ることで成り立っている。自らレベティア教の顔に泥を塗るような真似はできん」

「……っ！」

フィシュは思わず歯噛みした。

皇帝を決める帝位争奪戦。本来ならば皇族たちによる内乱でしかなかったそれが、ここに来て宗教の代理戦争となってしまったのだ。

そうなれば、なるほど、ナトラが軍を出せないというのも納得するしかなかった。ここでナトラが軍を出せば西側の侵略の口実になり、破滅の道を辿りかねない。それはナトラは元より、同盟国たる帝国にとっても不利益だ。

「わざわざ来てもらったが、残念ながら期待には沿えなさそうだ、ブランデル殿」

失意の中、フィシュは頭を垂れる他に何もできなかった。

「……まあ、見事としか言いようがないな」

フィシュが肩を落として部屋を去った後、ウェインは苦笑と共にそう言った。

「ここで東レベティア教を引っ張り出すとは、さすがに予想外だ」

「これって、ストラングがウェインに会いに来た時から計画されてたってことよね」

「だろうな。よっぽど俺を除け者にしたいらしい」

難しい顔をするニニムを横目に、ウェインは手元の紙を見やる。

大陸東部の一大宗教による、一国の皇子の弾劾。

言うまでもなく生半可な覚悟でできることではない。街の隅で酔っ払いが為政者を嘲笑するのとは訳が違う。もしもこれでバルドロッシュ陣営が勝てば、彼らは決して東レベティア教を許さない。それゆえに東レベティア教は、バルドロッシュを確実にここで仕留めるという決意があっての行動だろう。

「ストラングの意図はこうだ」

ウェインは一つ一つ、確かめるように言った。

「まず、俺に対してロワが女帝になることの危険性を説き、ロワを皇帝に推す価値を下げる」

ウェインの言葉をニニムが続ける。

「それでいて自分たちへの協力は要求せず、私たちに負担をかけないようにすることで、敵対されるのを極力避ける」

「更に並行して東レベティア教を説得し、バルドロッシュを国家の敵に仕立てあげる」

「これが上手く行けばナトラの介入を牽制し、かつバルドロッシュ陣営の士気を大いに削ることができる、と。……本当に嫌みなくらい周到ね」

ニニムが思わずため息を吐くと、ウェインも肩をすくめる。

「いや参った参った、まさかここまで詰められるとはな」

「でも、マンフレッド陣営はどうやって東レベティア教を動かしたのかしら？　いくらバルドロッシュ陣営が西と通じてるからといって、こんな面と向かって弾劾するだなんて、相当踏み込んだ判断だと思うけれど」

「そうだな……東レベティア教は帝国の国教ではなく、権力とは適度に距離を取っている。それゆえ布教の可否については、属州の自治に委ねている部分が大きいと聞く。となると、恐らくは……」

「マンフレッド陣営の主力は属州の有力者たち。……各州の信者や信仰を人質に取ったわけね」

「もちろん弾劾に足る証拠を揃えた上でだろうけどな」

周到。まさにニニムが口にした通り周到な計画だ。

もちろん全てが予想通りというわけではなかっただろう。ロウェルミナの暗殺未遂、ウェインの帝国訪問、バルドロッシュの早期決起等、意に沿わない展開もあったはずだ。しかしそこにある針の穴のごとき道を射貫き、マンフレッド陣営は見事主導権を摑んでみせた。

「何よりこの一件で重要なのは、バルドロッシュが皇帝を決めるトロフィーになったことだ」

先の暗殺未遂で、ロウェルミナは弱さを見せたことで失点してしまった。

しかしマンフレッドたちはそれ以上に失点しており、それゆえ帝国の民はたとえ弱くてもロウェルミナを支持しようとするだろう。

「マンフレッドは普通に勝つだけじゃ国民から支持されない。でもそこに、誰にとっても解りやすい悪役が出現したわけね」

「そうだ。暗殺の一件で民が怒りを向けてる上にこのスキャンダルだ。下手したらここまで内乱がグダついてるのも全部バルドロッシュの責任と思われ……いや、ロワやマンフレッドは確実にそういう世論に持って行こうとするはずだ。そうなるとこれまでの加点失点関係なく、バルドロッシュの首を取った方を国民は支持するだろうな」

華々しい功績の前には過去の失点は忘れられがちだ。元より男児の継承が望ましいという保守的な思想も相まって、マンフレッドがバルドロッシュを討てば、民はこぞってマンフレッドに称賛と次期皇帝の期待を向けることだろう。

「でもウェイン」

「ああ」

ウェインは頷き、言った。

「この展開、ロワにとっても悪いものじゃない」

（いける……！）
バルドロッシュが東レベティア教によって弾劾されたという情報を摑んだロウェルミナは、そこに勝機を見た。
（これでバルドロッシュ陣営の士気、兵の集まりは一気に鈍くなる！　そして反対に怒りに燃える民は私の下に集まる！　日和見していた派閥の連中を説き伏せる材料にもなる！）
もちろん東西のレベティア教が出張ってきたことは、すなわちナトラが動けなくなるということだ。フィシュが持ち帰るウェインの返答を待つまでもなく、ロウェルミナはそれを理解していた。

しかしそれでも有利になった部分が大きいとロウェルミナは見る。もちろんストラングの考えがそこまで回らなかったわけではないだろう。彼はロウェルミナも利することを踏まえてなお、ウェインを外野に置こうとしたのだ。

（つまり私よりウェインを脅威と見たってわけですよね、あの陰険眼鏡（めがね））

怒りはなかった。むしろ当然の判断だ。ただしストラングは二つ読み違えているとロウェルミナは確信する。

一つは、たとえウェインが居なくても、自分は勝つ気があるということ。

そしてもう一つは——ここまで丁寧に詰めたことで、かえってウェインを煽（あお）ることになったのではないか、ということだ。

（何にせよ読み切ってみせますよ、ここからの展開を）

「そしてもちろん、バルドロッシュもこれで終わるつもりはないだろう」

「動くぞ」

主君が弾劾されるという予想外の事態。

それに動転する陣営の中で、バルドロッシュは厳かにそう告げた。

「マンフレッドめの奸計で我らは追い詰められた。このまま時を費やしても、他派閥との戦力は広がるばかりだろう。ならば今ある兵力でロウェルミナとマンフレッドを討つ他にない」

バルドロッシュは続ける。

「元より民意など無視して武力で無理を通す予定だったのだ。裏切り者と誹られたところで何の痛痒もない。不名誉は皇帝となった後、武力で以て晴らす。――それで構わぬという者だけ、俺についてこい」

バルドロッシュの言葉に、陣営の面々は、やがて頭を垂れた。

「で、ウェインはどうするわけ？」

ニニムの言葉に、さて、とウェインは一拍間を置く。

「合理的に考えれば、エルネストとの会談をすませて……いや、この状況だ。中止も視野にいれて撤退だろうな」

「私たちはヴェイユ湖の北にいるけれど、湖のすぐ南には帝都があるものね。さすがにここまで戦火は届かないとは思うけれど、どさくさで騒乱が起こる可能性は十分あるわ」

「連れてきてる使節団じゃあ大した戦力にならんしな。ましてナトラから軍を呼ぶのは物理的にも政治的にも難しい」

「それじゃあ——」

「だが、あっさり尻尾を巻くのも面白くない」

ウェインは不敵に笑った。

「まして、この程度で封じ込められるなんて思われるのは、少し癪だな」

「そうは言っても、現実的にここから打てる手なんてあるの？」

「あるんだなこれが」

ニニムの疑問に、ウェインは迷いなく応じた。

「ニニム、フィシュはまだ近場に逗留してたな？　すぐに呼んでくれ。ついでに書簡の用意も。

……一つ、この祭りの参加者全員の度肝を抜くような、悪いことをしようじゃないか」

「状況は揃ったか……」

手勢を用いて集めた情報を元に、情勢を俯瞰しながらケスキナルは独りごちる。

追い込まれたことで覚悟を決めたバルドロッシュ。

それを迎え撃つべく準備を整えるロウェルミナ。

二人を動かして有利を得ようとするマンフレッド。

そんな三人の背後で、介入する兆しを見せるウェイン。

「これでようやくだな」

強き皇帝。

それこそがケスキナルの求める存在だ。

きっかけは幼い頃に見た歴史の本。そこにあるのは、周囲を強国で囲まれていたナルシラから始まる、初代皇帝の物語だ。

乏しい兵力。立ちはだかる敵国の将帥。張り巡らされる謀略。そしてそれを乗り越え躍進する皇帝の器のなんと感動的なことか。自分がその帝国の民の末裔として生まれたことを、ケスキナルは心より感謝した。

だからこそ、これは義務だ。帝国に生まれたからには、この国を、この歴史を、更なる飛躍に導かなくてはいけない。それが帝国の民の宿命なのだ。

ならば中立を維持し、あえて皇子たちを食い合わせよう。血を流させ、苦悩を経験させ、彼らを鍛えよう。そのためにどれだけ民草に被害が出ようと、他国から狙われようと、構わない。

偉大なる皇帝を生み出す過程の弊害は、全てこの手で撥ねのけよう。

そうして今、ケスキナルの願いは結実を迎えようとしている。

「頂を目指す三匹の蛇。動き出す北方の竜。さて、この顚末はどうなるか……」

それぞれが思惑を抱える中、真っ先に動いたのはバルドロッシュだった。

宣言通り現在集まっている兵を纏め上げ、自分の領地から進軍を開始。

兵数は一万強。予定では二万に至るはずが半分になったのだから、戦力の低下は否めない。

その代わり彼らには勝利するという不断の決意があった。他の二派閥の兵にはない、背水が産む覚悟である。

そんな彼らが向かう先は、ロウェルミナが居を構える帝都グランツラール。

――ではなかった。

「古都ナルシラを押さえる」

ナルシラとは帝都グランツラールの北部、ヴェイユ湖の南端に位置する都である。

帝国発祥の地であり旧首都だ。グランツラールに遷都こそされたものの、代々の皇帝の霊廟や、洗礼の儀式を行う祭祀場があるなど、その権威は帝国でも随一である。以前はこの都市を廻（めぐ）って四人の皇族が表裏に亙（わた）って抗争を繰り広げたこともあった。

とはいえ、だ。

「殿下、ナルシラは確かに重要ですが、今はロウェルミナ皇女の身柄を押さえるのを優先すべきでは？」

バルドロッシュの方針に、陣営幹部からはこのような意見が上がった。

しかし彼は首を横に振る。

「いや、予定よりも兵が少ない上に、ロウェルミナにとって帝都は庭だ。攻め落とすことはできても、ロウェルミナをすぐに捕縛できるとは限らん。ましてこちらがロウェルミナにかかりきりの間に、マンフレッドが入り込んで洗礼式を行い、戴冠（たいかん）の宣言をするやもしれん」

皇帝に即位するには、まずナルシラで洗礼式を行い、しかる後首都グランツラールにて戴冠式を行うという段取りがある。

以前ロウェルミナはこの洗礼式をすませているが、民意と実力の不足から戴冠式は行っていない。そしてバルドロッシュもまた、洗礼式を行って戴冠を宣言しても、帝国の民は納得しないだろう。

しかしマンフレッドならばこれを強行し、即位したことを帝国中に知らしめ、改めてバルドロッシュを国家の敵であると宣言することも考えられる。

「なるほど、確かに殿下の仰る通りだ……」

「しかしナルシラの守備にそう兵は割けぬぞ」

「我らは以前一度ナルシラを抑えた。その経験を活かすしかあるまい」

「他の派閥もナルシラを血で汚そうとは思わぬだろう」

などと、このような議論の末、バルドロッシュ軍はナルシラへと矛先を向けた。

しかしそこで一つ予期せぬ事態が起こる。

マンフレッド軍の先遣隊による攻撃であった。

「チッ、あの馬鹿共が……！」

軍馬にまたがり、軍装に身を包むマンフレッドは不機嫌そうに舌打ちした。

「まあ仕方ないでしょう。手柄を欲しがるのは誰もが一緒です」

その傍で同じく馬に乗ったストラングが応じた。

「ましてバルドロッシュ軍と違ってこちらは烏合の衆ですから」

「君がそれを言うのかい？」

「事実ですので」

煽るようなことを口にしながら、一切悪びれる様子もないストラングに、マンフレッドは小さく息を吐いた。

バルドロッシュ軍の進軍開始から遅れること数日。マンフレッドもまた軍を率いて領地を出発した。目的はもちろん帝国を裏切ったバルドロッシュの首である。

しかしその行軍はバルドロッシュ軍と違って整然とは行かなかった。なにせ軍を構成するのは各地の属州の有力者だ。マンフレッドの大まかな方針にこそ従うものの、それ以外は有力者たちがそれぞれ独自に麾下の兵を動かしている。

バルドロッシュ軍が一個の生命体とすれば、こちらは小魚の群れ。そんな有様なのだから規律は整わず、違う部隊同士で小競り合いするなども日常茶飯事。特にマンフレッドの求心力が低下したことでより顕著になった。

だからこそ、これはある意味で必然だったのだろう。強行軍でバルドロッシュ軍に追いつくのではなく、ジワジワと距離を詰めていくという方針に一部の有力者が焦れ、手柄を求めるあまり、先遣隊を自称してバルドロッシュ軍の背を突きに行ってしまったのも。

「幸いにも突出した部隊は少数です。どうなろうとも大勢に影響はありません」

「ではどうなると思う？　ストラング」

「言うまでもないでしょう」

ストラングがそう応じた時、伝令の騎馬が駆け寄って来た。

「殿下、先遣隊が潰滅したとの報せが……！」

これにマンフレッドとストラングは驚くこともなく、揃って嘆息した。

そもそもバルドロッシュ軍は帝国でも随一の練度を誇る。今でこそ末端に新兵などを用いているが、それでもこちらより遙かに精兵の集まりであることに変わりはない。

これまでのバルドロッシュ軍との戦いも、策を練り、準備をし、戦術戦略で有利を取り、それでようやく五分五分だったのだ。そんな軍隊相手に、一匹の小魚が後背を突いた程度で傷を残せるはずもない。まして今のバルドロッシュ軍は、もう後がないという鬼気迫る思いがある。一蹴されて終わるのは解りきっていたことだった。

「無駄な損失だったな」

吐き捨てるようにマンフレッドが言うと、ストラングは頭を振った。

「そんなことはありません。この最低限の損失で、我が軍の緩んでいた空気が引き締まり、バルドロッシュ軍を侮る輩がいなくなったことでしょう」

「物は言いよう……いや」

まさか、という思いでマンフレッドはストラングを見る。

この男は、そうなることを意図して、潰れてもいい部隊をあえて先遣隊として突っ込ませたのではないか、と。

「これでいざ決戦となった時、他の部隊はこちらの指示にも従ってくれるはずです。当面は予定通り、つかず離れずの距離を保ちながらバルドロッシュ軍の後に続き……殿下、どうされました？」

「……なんでもない」

　この男の底は、まだ見えていないのかもしれない。

　マンフレッドは手綱を強く握りしめた。

　マンフレッド軍の先遣隊による攻撃は、まるで相手にならなかった。

　バルドロッシュ軍の後方部隊が足を止め、反転し、一当てするだけで潰走してしまったため、むしろ何かの罠を疑ったほどだ。

「あれは一体何が目的だったのだ」

「威力偵察にしてもおざなりがすぎるぞ」

「マンフレッド軍は属州からの集まり。統制が完全には取れていないのではないか？」

　そうして行軍を維持しつつの協議の末、統制の不備であり、功に焦った部隊が突出したのだろうという結論になった。

　これはバルドロッシュ軍にとって大きな弾みになった。マンフレッド軍の統制が取れていないという有利は言わずもがな、先遣隊とはいえ憎き敵を撃退できたことは、軍の士気の上昇にも繋がったのだ。

「殿下、もうじきナルシラが見えてきますぞ！」

「うむ。都に詰めている守備隊は我らの入城を拒否しようとするだろうが、構うな。一気に都を制圧する」

「ははっ！」

軍の足取り、部下の声に明るい色が芽生えているのをバルドロッシュは感じた。

この勢いのままナルシラを取り、その次に帝都のロウェルミナを討ち、更に返す刀でマンフレッドを討つ。そんな期待が朧気ながら軍の中に広まっていき——

そして、期待は粉々に破壊される。

「で、殿下！　大変です！」

悲痛な声を受けて、バルドロッシュは何事かと前方へと馬を走らせた。

その眼が、驚きに見開かれる。

「な、なんだあれは……」

「馬鹿な、そんなはずが」

誰もが我が眼を疑った。

バルドロッシュとてそうせざるを得なかった。

しかし幾度眼を擦ろうとも、見えている景色に変わりはない。

ゆえに、いかに有り得ないと思いながらも、受け入れる他になかった。

「──なぜ、ディメトリオの旗がナルシラに掲げられている⁉」

第一皇子ディメトリオ。

ナルシラの前に到着したバルドロッシュ軍を待ち構えていたのは、政争に敗れて歴史の表舞台から消え去ったはずの、ディメトリオの軍だった。

「はっはっはっはっは！」

ナルシラの城壁の上に、人影が二つ。

「今頃さぞ驚いているのだろうな、あの愚弟は！」

誰に憚ることなく高笑いを響かせる男の名はディメトリオ。

アースワルド帝国の第一皇子である。

「まさかこの期に及んであやつらと対峙する日が来るとは、愉快なこともあるものだ！」

ディメトリオの視線が傍ら、城壁に並び立つもう一人の男へと向けられる。

「この機会に巡り合わせてくれたことに感謝するぞ――ウェイン王子！」

ディメトリオの言葉に、ウェインはにっと笑った。

第六章　ロウェルミナ

古都ナルシラ。

帝国にとっての神聖な場所であり、水運として機能しているヴェイユ湖に面した区画を除けば、普段は厳粛で物静かな都だ。

が、今この時、ナルシラは慌ただしさで溢れていた。

「配置につけ！　もうバルドロッシュ軍は近くまで来ているぞ！」

守備兵が駆け回り、至る所で声が張り上げられる。兵士たちの具足が奏でる金属音の数々は、これが硬貨の音ならば、今頃都が金で埋まっていると思わせるほどだ。

そしてその中にあって、四方八方を駆け回り、防衛準備の進捗を確かめている少女が居た。

ニニムだ。

「南の防衛は大丈夫、西ももうじき。東は少し遅れているわね。あとでもう一度確認に行くとして……次は物資の集積所ね」

などと呟いていると、そこに駆け寄る男の姿があった。

「ニニム殿、こちらでしたか」

「ああ、ラークルム隊長」

ラークルムの姿を認めたニニムは足を止める。

「防衛の指揮権についてはどうなりました？」

ニニムが問うと、ラークルムは頭を横に振った。

「未だに揉めています。駐在している守備隊とディメトリオ皇子の下に集まった兵で、なかなか折り合いがつかないようで。かといって我らが出しゃばるにはあまりにも兵が足りず……」

「仕方ありませんね……ウェイン殿下とディメトリオ皇子に、仲介してもらうよう話を通してみましょう」

「助かります。お互い突然の状況とはいえ、指揮権も定まらないまま戦争に参加するのはゾッとしますからな」

「同感です。だからこそ万が一にも備えねばなりません。……脱出経路の方は？」

これにラークルムは力強く頷いた。

「北の倉庫に漕ぎ手と船を用意しておきました。いざとなればこれで殿下をお連れください。その間の猶予は、我らが稼ぎますゆえ」

「その機会が訪れないことを祈りたいところですね」

「これぱかりは相手の出方にもよりますからな」

ラークルムはそう口にしつつ、どこか昂揚した面持ちで続けた。

「いやしかし、相変わらず殿下の発想には驚かされる。ナトラを出立した時は、まさかこのようなことになるとは思いもしませんでしたぞ」

「私もですよ。まさかこんな形で介入するだなんて」

ニニムは若干呆れ気味に言った。

「私たちでさえこうなのですから、あちらの驚きはさぞ凄まじいことでしょうね……」

「ただいま斥候が戻りました。やはりナルシラを占拠しているのはディメトリオ皇子とその手勢に間違いないと……！」

「ぬう……」

そこはバルドロッシュ軍本営。

ナルシラの異常を察知したバルドロッシュは、その近郊で一旦軍を止め、情報収集に兵を走らせた。そしてその結果得られたのが、あのナルシラの城壁に飾られた旗が本物という裏打ちだという。

「……ディメトリオの兵力はどれほどだ？」

「近隣にも調査の手を広げたところ、三千から五千ほどの兵が都に入ったという証言が幾つか取れております」

「周辺にある真新しい人や馬の痕跡を見ても、恐らく相違ないでしょう」

多めに見積もって兵五千。

ナルシラには手薄な守備隊しかいないと考えていたバルドロッシュ側にとって、大きな誤算だ。勝てるか否(いな)かで言えば勝てるだろう。しかしそれだけの兵が守備に回るとなれば、そう簡単には運ばない。

だが、それでも、

「殿下、ディメトリオ皇子にいかなる目的があるにせよ、邪魔者であることに違いはありません！　今すぐナルシラを攻め落としましょうぞ！」

「……」

部下の言う通りだ。自分たちにはもう道はほとんど残されていない。

しかし同時にバルドロッシュは、その行為が大きな危険を孕(はら)んでいることに気づいていた。

ヘタをすれば、こちらの軍が崩壊しかねないほどの危険が。

（どうする……）

悩みを深めるバルドロッシュだったが、事態はそれで終わらなかった。

「その、もう一つ報告してよろしいでしょうか」

「なんだ、まだ何かあるのか……！」

「はっ。これは調査の最中に耳に入ったのですが――」

「ディメトリオのみならず、ウェイン王子までナルシラにいるだと……⁉」

部下からの報告に、マンフレッドは思わず声を荒らげた。

「はい。どうもディメトリオ皇子と行動を共にしていると……」

ナルシラが第一皇子の軍勢に占拠されたという報せは、バルドロッシュのみならず、その後方から進むマンフレッドの元にも届いていた。

しかもそれだけに留まらず、ウェインの姿までそこにあるという。普段は努めて平静でいるマンフレッドも、さしものこの展開には驚愕を隠せない。

「ストラング、これはどういうことだ⁉」

「……ディメトリオ皇子は地方で隠居の身と聞きます。今更自主的に出張ってくるとは思えません。だとすれば、答えは一つでしょう」

ウェインがディメトリオを引きずり出した。最早これは疑いようがない。

あれだけお膳立てしたというのに、帰国せずに介入してくるとは。つくづくあの男はひねくれている。もっとも、その点では自分も負けていないが。

しかしそうなると問題は、ウェインたちの動きである。

（一体二人はどういう目的で……どういう大義名分で、ナルシラを占拠している？）

思考を巡らせていると、そこに伝令が飛び込んで来た。

「失礼します！　今しがた、ディメトリオ皇子より使者が訪れました！」

「使者だと？　何の用だ」

「はっ。それが――」

「この度同盟国の王太子たるウェイン王子と、東レベティア教の教主エルネストとの会談が都市ナルシラで行われることになった。で、あるのなら、会談を成立させるべく帝国が助力するのは当然のこと。だというのに貴様らはくだらぬ争いを未だに続けていて、ほとほと呆れ果てたぞ。会談を成立させるため、仲介と饗応を隠居していた私が買って出てやる。せいぜい感謝しろ愚弟共――」
と、言い切ってからディメトリオは笑った。
「という私の言葉を持たせた伝令が、そろそろ愚弟共に届いている頃か」
「どちらの陣営も、さぞ目を剝いてることでしょうね」

応じるウェインも悪い顔だ。

二人がいるのはナルシラにある屋敷の一室だ。外では防衛の準備で将兵が奔走しているものの、二人は指揮官ではないため、ある意味でのんびりとしていた。

「しかし驚いたぞ。今更私が引っ張り出されるとは」

「使うには丁度いい駒だったもので。どうせ地方で暇してたのでしょう？」

ナルシラでエルネストと会談を行う。

それが今回の件に介入するためにウェインが導き出した手段だった。

ストラングはウェインを部外者にするため、あれこれと仕掛けていたが、当初からの帝国来訪の目的であるエルネストとの会談については、妨害することもせずそのままだった。

妨害が難しかったのか、あるいはこれ以上はウェインの敵意を買うと判断したのか、どちらなのかは解らない。しかしこの会談という手札をウェインは最大限に利用する。

（皇子たちがナルシラを奪いに来ることは読めていた。ならば東レベティア教、そして帝国宰相ケスキナルに話を通し、開催地をナルシラにして先んじて押さえればいい）

東レベティア教の説得は容易だ。何せ彼らは弾劾の件でバルドロッシュ陣営とは完全に袂を分かっている。ロウェルミナ、マンフレッドのどちらかならともかく、バルドロッシュにだけは絶対に勝たれるわけにはいかない。

そこでバルドロッシュ陣営の妨害ができると、このナルシラでの会談開催を持ちかければ、一も二もなく頷くことは予想できていた。

ただし、だからといってそれ以上の支援を望めるかといえば話は別だ。

ウェインが連れてきた使節団は僅か。東レベティア教とて大兵力を動員できるわけもない。ならばただナルシラで開催するというだけでは、皇子たちの軍に攻め落とされるだけで終わりかねない。

そこで引っ張り出したのが、隠棲していたディメトリオである。

政治的に敗れたものの、未だに保守派に根強い支持を持つ彼が会談の饗応役を務めるとなれば、保守派の兵を引っ張ってくることができる。そこでウェインはディメトリオに接触し、これを依頼したのだ。

「ふん、失脚したとはいえ帝国の皇子を駒扱いとは、相変わらず無礼なやつだ」

鼻を鳴らしつつもディメトリオの顔に悪感情は無い。

「まあよい。これで愚弟共が怒りで顔を赤くしていると思えば痛快だ。直に見られないのが少々惜しいがな」

「想像するぐらいが丁度よいかと。直接だと笑いすぎて腹がよじれていたかもしれません」

「はっはっは！　確かにその通りだ！」

大笑いするディメトリオを横目に、ウェインは考えを巡らせる。

(とはいえ、ケスキナルがここまですんなり通してくれたのは、少し意外だったがな)

国外からの賓客が戦地の真っ只中で宴を開こうというのだ。普通なら止めてくれと言うのが筋だろう。もちろん断られてもごり押しする方法は考えていたが、逆にあっさり了承されても不気味である。

（食えない男とは思っていたが……なかなか面白そうじゃないか）

皇子たちの決戦が間近に迫っていようと、日々の業務が絶えるわけではない。

決戦の様相については逐一報告が入るよう手配しながらも、ケスキナルは宰相として、様々な書類仕事を進めていた。

「……本当に良かったのですか？　ケスキナル閣下」

「何がだ？」

補佐である部下の言葉に、ケスキナルが書類から顔を上げることなく応じると、部下は問いを重ねた。

「ウェイン王子と教主エルネストの会談のことです。まさかこのタイミングで、ナルシラで行いたいなど。しかもその饗応役にディメトリオ皇子だなんて」

「何も問題はない」

部下の言葉をケスキナルは一蹴する。

「王子と教主の会談は事前に話が来ていたものだ。むしろ外国から賓客が来ようという時に不穏な情勢に陥ったこちらの不手際こそ猛省せねばならん」

「そ、それは……そうですが」

「ナルシラという場所もだ。帝国にとって権威の象徴であるあの都市で会談を行うことは、こちらに敬意を示すという態度に他ならぬ。饗応役については私が担ってもよかったが、縁の深いディメトリオ皇子を向こうが指名し、皇子が受諾したというのであれば、こちらから意を汲むことに異論はない」

ケスキナルの言は筋が通っている。普通ならばウェインとエルネストがナルシラで会談を行い、その饗応役にディメトリオが居ることは、何ら問題ないことだろう。

無論、あくまでも普通の状況ならば、の話だ。

「閣下、現実としてナルシラは戦の渦中にあります！」

部下が声を張り上げるが、

「それは皇子たちが勝手にやっているにすぎん」

ケスキナルはすげなく答える。

「帝国はそのような事情と関係なく、帝国として運用され続けなくてはならない。内乱が原因で帝国として振る舞えないなど、それこそ帝国の権威を貶めることだ。――今回の判断は、私の中の中立を一切損ねるものではない」

　ケスキナルの断言に、部下は言葉を呑んだ。

　しかしそこで帝国宰相は小さく笑う。

「無論、この判断が帝位を廻る争いに影響しないとまでは言わん。むしろ各皇子たちはこの奇貨をどう利用するかで頭を悩ませよう。しかしそうすることで原石は磨かれるのだ」

「閣下……」

「案ずるな。我らはただ待てばよい。新たなる、強き皇帝の誕生をな――」

「ぐ、ぬぅ……！」
　古都ナルシラを前にして、バルドロッシュは懊悩していた。
　ナルシラを占拠するディメトリオは、あくまで会談のためと主張する。都市を固める軍勢も、不安定な情勢下の中で会談を滞りなく完了させるためのものであり、それ以上の政治的意図はないという。
　馬鹿げてる、ふざけるな、と何度となく心の中で罵る。どう見てもナルシラを押さえようとするこちらを牽制してのものだ。

ただし解らないこともある。調査を重ねたところ、軍勢の大半が元ディメトリオ派閥にいた保守派の面々であることが判明した。今はロウェルミナの派閥にいるはずの者たちだ。

ならばあれはディメトリオの旗だけ持ってきた、実質的なロウェルミナ軍の分隊と見るべきか。しかし保守派はロウェルミナと折り合いが悪いとも聞いている。ロウェルミナに見切りをつけて再びディメトリオを擁立しようとしている、という可能性もあるかもしれない。

前者ならば完全な敵だが、後者ならば共闘の余地はあるかもしれない。しかし向こうが接触してくる気配はない。機会を窺っているのか、はなからこちらに手を組む価値などないと思っているのか。

いっそ構わず殴りつけられればと思う。しかしそれができないのだ。

(ナルシラでの会談自体をケスキナルが承認している。ディメトリオ軍も防備に徹しているだけでそれ以上の動きは一切見せない。これを武力で討ち、ナルシラを戦火で覆えば、俺の軍は瓦解する……!)

西側と通じていたとして、東レベティア教から仇敵として認定されたバルドロッシュ派閥。

実際のところこの西と共謀しているというのは事実だ。だが上層部はともかく、末端に対しては、マンフレッドによる政治工作であり事実無根である、と説明している。

これにより、バルドロッシュ軍の兵は自分たちが正しい側に立っていると思い込み、士気を保っている。しかしそんな中で帝国の権威の象徴たるナルシラを攻撃すれば、西側と通じていたのはやはり本当なのだと、兵士たちの士気は崩壊し、軍は保てなくなるだろう。

これがマンフレッド、あるいはロウェルミナが占拠しているのならば、まだ攻撃の言い訳はついた。しかしそこにいるのは帝位争いから降りたディメトリオであり、その名目は会談の饗応役。どんなに憎たらしく思っても物理的に手出しする正当性がない。どうにかするには政治的な工作が必要になるが、その能力を持たないのがバルドロッシュ派閥だ。

(かといって、ナルシラを放って帝都に向かえば、背にディメトリオ軍とマンフレッド軍の脅威を感じ続けることになる！　あるいはそのままマンフレッドがナルシラに入り、洗礼式を帝国に告知するかもしれん！　そうなっても我が軍はおしまいだ！)

ナルシラに攻め入ることもできず、されど放置することもできず。

背水の覚悟を持っていたバルドロッシュはここで迷った。迷ってしまった。

そしてこの迷いが、彼の運命を決定づけた。

「──報告！　南より軍勢！　旗はロウェルミナ皇女のものです！」

帝都で戦いの準備をしてきたロウェルミナが、ついに動いたのだ。

ロウェルミナがその計画を知ったのは、フィシュが持ち帰ったウェインからの書簡を読んで

のことだ。

「……は?」

まさかまさかのディメトリオを引っ張り出すという、あまりにも想定外の内容に、ロウェルミナは思わずそんな声を上げた。

しかし彼女もさるもの。すぐさま落ち着きを取り戻し、これが実行可能かを検証する。

(不可能……ではない)

課題は四つ。一つはディメトリオを説得できるかだ。

しかしこれはウェインがやるという。ウェインとディメトリオは一度手を組んだせいか、友情のようなそうでもないような、奇妙な関係性にあることはロウェルミナも知っている。そのウェインがやるというのならば、恐らくやれるのだろう。

次の問題はケスキナルだ。ナルシラでの会談に正当性を付与するには帝国宰相たる彼の協力が必要になるだろう。ただこれもロウェルミナはそこまで心配していない。あの宰相は独特の価値観を持っている。元より会談の予定はあったのだから、ケスキナルは了承するだろう。

そしてケスキナルが了承するのであれば、三つ目、東レベティア教の了承も得られるだろう。帝国で会談を行うのはそもそも東レベティア教からの要請なのだ。この内乱騒動でご破算になりかけたのが、ギリギリで踏み止(とど)まれるとなれば、渋々ながらも応じるはずだ。もちろん会談を実際に戦時中に実施するわけはなく、あくまで名義貸しに留まるだろうが。

最大の問題は四つ目。ナルシラを防衛する部隊である。

その時のロウェルミナは兵を集めている最中で、余所に回せるような戦力はほとんどなかった。更に言えばこの任務は表向き「この帝国の一大事に暢気に会談をする連中を守れ」というものである。ロウェルミナの兵力の大多数は帝国の未来を憂い、義憤に駆られる義勇兵たちなわけだから、派遣できるはずもなかった。

そこでウェインが目をつけたのがロウェルミナ派閥の保守派である。元はディメトリオ派閥の者たちなのだから、なるほど、旧主であるディメトリオの下に馳せ参じようというのも一見すると筋が通る。

しかしこれは難しい、とロウェルミナは考えた。

保守派は今もこちらの出兵要請をのらりくらりと先延ばそうとしている連中だ。ディメトリオは所詮は旧主。まして彼の所に向かったところで何か利益があるわけでもない。今の主君である自分ですら手を焼いているというのに、どうして彼らが動かせる。

と、思っていたら保守派はあっさりナルシラへと向かった。

「は?」

ロウェルミナはキレそうになった。

「で、殿下、お気をお静めに」

「キレてませんよ。散々私の要請にぐだぐだ言い訳並べて従わずにいながらなんですかそのフットワークの軽さはぶっ飛ばしますよとか思ってますけどキレてませんよ」

フィシュに宥められながら落ち着きを取り戻し、改めてウェインの計画によって引き起こされる状況を想定し、俯瞰する。

「……フィシュ、書簡の用意を。秘密裏に届けてもらいたいところがあります」

「はっ。すぐに」

そして結論が出た。

「打って出ます。この勝負、私の勝ちです」

ロウェルミナが率いてきた兵力は、およそ八千。
その大半がロウェルミナを慕い、皇子たちを不甲斐なく思い、西側への怒りを募らせる義勇兵である。正規に訓練を受けた兵など、半分にも満たない。最低限の規律と能力しかない、雑兵の集まりと言って差し支えないだろう。
ただしその士気は最高潮。兵士は上から末端に至るまで自らが正義と疑わず、かつその旗頭であるロウェルミナが直々に軍団を率いているのだ。麗しき姫君に己が勇猛を示そうと、誰も彼もが奮起している。

対するはバルドロッシュ軍。兵力は一万強。屈強な兵士たちが揃い、戦争に慣れ、戦術に対する理解度も極めて高い。正面切ってぶつかれば、大半の軍勢は吹き飛ばすことができよう。

しかし士気はロウェルミナ軍と正反対だ。逆賊の烙印を押され、挽回すべく行動を開始するも、ナルシラを先んじて占拠されるという予想外の事態に足が止まってしまった。そこにロウェルミナ軍が現れ、さらに後方にはナルシラに詰めるディメトリオ軍がいる。

そしてマンフレッド軍およそ一万はバルドロッシュ軍と距離を保ちながらついて行き、今、バルドロッシュ軍をロウェルミナ軍と挟み込むようにして戦場へと顔を出した。

だがすぐさま攻撃を仕掛けるような真似はせず、慎重に、そして狡猾に、バルドロッシュ軍の逃げ道を塞いでいく。その動きには確かな士気と戦術理解度を感じさせた。

とはいえマンフレッド軍は属州の有力者がそれぞれ兵を持ち寄ったもの。属州ごとに思惑があるのは当然であり、どこまで規律を保てるかは戦況次第か。

「……さあて、誰が勝つのやら」

都市の外でもうじき始まる争乱を思いながら、ウェインは呟いた。

「貴様でも解らぬのか？」

傍らのディメトリオが尋ねる。

「ここからでは見えない要素がいくつもあるものですから」

「ふうむ……まあ私としては例の話が上手く行くのであればそれでいい」

ディメトリオが確認するように問いかけた。

「ウェイン王子よ、本当にこれで保守派とロウェルミナの関係が丸く収まるのだな?」

「ええ、その点はご安心を」

隠居していたディメトリオを、いかにして表舞台に引きずり出すか。

ナルシラの占拠を実行するために、ウェインはこの問題をクリアする必要があった。

しかしディメトリオは潔く身を引いた人間。金銭を積み上げることや、あるいは帝位争奪戦への復帰を今更唆したところで、不快感を示すだけに終わる可能性は高い。

そこでウェインが眼を付けたのが、ロウェルミナと保守派の不仲だった。

(そもそも、ロウェルミナと保守派はソリが合うはずがない。保守派からすれば、女帝という存在自体が許容できない。いや、許容すれば派閥を維持できないわけだからな)

保守派にとってこれはジレンマだ。保守派はその名の通り伝統や歴史を重んじる集まりであり、革新の象徴たるロウェルミナの下においそれと収まるようでは、保守派としての体面を保てないのである。

無論、保守派とて現実が見えていないわけではない。マンフレッドやバルドロッシュとは真っ向から対立していたため、今更両陣営に合流することもできず、ならばロウェルミナを女帝に押し上げ、権益を得るのが最良であることは理解している。

だからこそ、彼らはずっと落としどころを探っていた。自分たちの体面を最低限保ちながら、ロウェルミナに臣従する機会を。

そこに持ち込まれたのが、このディメトリオの再登場だ。

「保守派は旧主を助けるためという大義の下、ディメトリオ皇子の助力に向かったわけです。この美談にして独断専行を、ロウェルミナが寛大な心で許すことで、保守派は彼女の器量に感銘して頭を下げる、という構図を作り出すことができる。これにより、ようやく両者は真っ当な主従関係になれるわけです」

ロウェルミナの下につくには、保守派はあまりにも失点がなさすぎた。

そのためあえて自らにそっと傷をつけることで、ロウェルミナの器に収まることができるようになるのだ。

「そうか……」

ディメトリオが小さく呟いた。

「私はあやつらに何もできなかったからな。丸く収まるのならば、それでいい」

自身を皇帝にすべく付き従っていた者たち。

しかしディメトリオは己の器量が原因で、彼らの未来に栄光を与えることができなかった。

そこに彼も思うところがあったのだろう。だからこそ恥を承知でウェインの要請に従い、表舞台に再び立ったのだ。

「これがすめば、心置きなく妻と子との生活を送れそうだ」

ウェインの肩が僅かに震えた。

「……皇子にお子様が？」

するとディメトリオは気恥ずかしそうに頷いて、

「うむ。隠居するにあたって妾全員に暇を出したのだが、どうしてもと俺についてきたやつがいてな。そやつとの間に……まあ、子が出来たのだ」

「……ふーん、へー、ほーん」

「我が子など乳母に任せるものと思っていたが、いざ生まれてみると言葉にできぬほど可愛らしいものでな。妻からは構い過ぎだと怒られるほどだ」

「ふーん！　へー！　ほーん！」

「どうしたウェイン王子、何やら動揺しているようだが」

「いいえ別に隠居して夫婦で仲良く暮らすとか羨ましいなあこの幸せクソ野郎とか思っていないのでご安心を……！」

と、ウェインが負け惜しみを並べたその時だ。

「殿下！」

慌ただしく伝令が二人の元に駆けつけた。

「外の軍勢に動きがありました！」

「ようやくか」

ディメトリオは重く頷き、ウェインが問いかける。

「動いたのはどこだ？」

これに伝令は答えた。

「――バルドロッシュ軍です！」

バルドロッシュ軍は控えめに言って窮地にあった。

政治的に追い込まれ、覚悟を決めて出陣したはずが、こうしてマンフレッド、ロウェルミナ、ディメトリオの軍に囲まれている。その現実が軍の上から下まで重くのしかかり、誰もが絶望の中で口を閉ざしていた。

皮肉な話だが、むしろこの状況で恐慌を起こしていないことが、バルドロッシュ軍の練度の高さを物語っていると言えよう。そしてこの軍隊が一致団結して抵抗すれば、いかに包囲されていようとも簡単には崩れないのだが――

「……」

その旗を振るべきバルドロッシュが失意の底にいては、どうしようもない。

「殿下……」

陣営幹部の者たちも、どう言葉をかけていいか解らず、無為な時間が流れていく。

実際のところ、この包囲から脱出すること自体はできる。兵の損耗を度外視してロウェルミナかマンフレッド、どちらかの軍に突撃すれば突破はできるだろう。

しかし脱出してどうするというのか。最早帝国の敵となったバルドロッシュは、今この時に逆転をせずして道はない。逃げたところでいずれは捕縛され、処刑される。その未来が不可避と思えば、脱出した後の僅かな期間に価値を見出すことは難しかった。

かといって、ここから勝利するための道筋など——

「バルドロッシュ殿下！」

瞬間、一際(ひときわ)大きな声が響いた。

その場にいた全員の視線が声を発した人物へと向けられる。

「私に策がございます！」

声を張り上げたのはグレンだった。

陣営の誰もが暗く沈む中、彼の周りだけが輝きに満ちている。それは数多(あまた)の視線を浴びてなお、びくともしない力強さを宿していた。

「策、だと？」

バルドロッシュが顔をのろのろと上げた。

「この包囲を見ろ。今更何ができる」

「お言葉ですがバルドロッシュ殿下、殿下こそ周りをよく観察されるべきです」

この言葉には周囲がどよめいた。無礼極まりない言動だ。しかし当のバルドロッシュは不快よりもまず怪訝な顔になった。

「……お前には何が見えるというのだ？」

するとグレンはこう答える。

「こちらを包囲したまま、一向に動かない三つの軍が見えます」

これを受けてバルドロッシュのみならず、周囲もようやく違和感を抱く。グレンの言葉通り、バルドロッシュ軍を包囲するだけで、三軍は未だに攻勢に出ないまま睨み合っていた。

「恐れながら三軍のうち、ナルシラを占拠しているディメトリオ軍は脅威ではありません。政治的な目的は不明なれど、打って出てくるようならば、容易に突き崩せることでしょう。そして向こうもそれが解っているからこそ、都市から出てくる気配はありません。これは放置してよいかと存じます」

グレンは続ける。

「次に残る二軍の首魁、マンフレッド皇子とロウェルミナ皇女にとって、バルドロッシュ殿下を討つことが次期皇帝への鍵となります。されど殿下の首がお一つしかないのであれば、奪い合いは必然。いえ、奪ったとしても相手が認めるはずがないのですから、我が軍がどちらかに負けると同時に、残った両軍の決戦が始まります」

「……だとするのであれば」

「はい、殿下のお察しの通りです。両軍にとってはいかに決戦までの被害を減らすかが肝要となります。その結果が今の膠着状態なのです。我が軍を削るのを相手に押しつけた分だけ、後の戦いで有利になるのですから」

バルドロッシュ軍との戦いは相手に押しつけたい。バルドロッシュを討つ瞬間だけ自分でやりたい。そしてもしもバルドロッシュを相手に討たれた場合は、すぐに相手を攻めて倒せる位置につけておきたい。

だからこそマンフレッドは後背からバルドロッシュ軍を攻撃しなかった。

だからこそロウェルミナは帝都に籠もらず兵を率いて野戦に臨んだ。

そして今、両軍はバルドロッシュ越しに睨み合い、牽制しあっている。

バルドロッシュを倒した後の駆け引きは、既に始まっているのだ。

「ふっ、この俺が前座扱いか……!」

怒りと自嘲がバルドロッシュの口元に笑みを生み出す。本来は敬遠すべき負の感情だが、それによって主君に活力が戻りつつあるのをグレンは感じ取った。

「お怒りはごもっとも。しかし殿下、これは好機です」

「好機だと?」

「向こうが動かずにいてくれるのならば、マンフレッド軍だろうとロウェルミナ軍だろうと、こちらが一方的に殴れるということです」

グレンは一息。

「こちらが全軍をあげて動けば、当然両軍も反応しましょう。しかし少数の部隊が動くだけならば膠着を続けると私は見ています。よって、本隊は守勢に徹した上で、選抜された精鋭部隊でロウェルミナ軍に突撃し、ロウェルミナ皇女の身柄を確保すること。それが起死回生の一手であると進言いたします」

周囲がざわめいた。

無茶だ、できるわけがない、そんな囁き(ささや)きが漏れ(も)れ聞こえる。

それでもグレンは動じない。真っ直ぐ(ます)ぐにバルドロッシュを見つめる。

「……ロウェルミナである理由は？」

「軍の性質です。まずロウェルミナ軍は雑兵の集まりであり、精鋭による突破の確率が高いこと。次に皇女の軍は彼女を慕う集まりであり、皇女を殺せば復讐(ふくしゅう)に駆られる決死の軍勢となりましょうが、逆に生きて身柄を押さえられれば、命と引き換えに軍を解散させることもできましょう。これは各州からの有力者が集まるマンフレッド軍が相手ではできないことです」

ロウェルミナ自身に軍事的な指揮能力は無い。本来ならば部下に戦いを任せ、帝都で戦勝の報告を待つべき人間だ。

なのに彼女は軍を引き連れてきた。それによって軍の士気は跳ね上がっただろうが、逆に言えば、そうしなくては戦えるほど士気を保てないとも受け止められる。

ロウェルミナ軍の、ロウェルミナに対する精神的依存度は極めて高い。そう考えたからこその作戦だった。

(後はバルドロッシュ殿下がこれを受け入れてくださるかどうか……)

自分のような一部隊の隊長が主君に進言など、間違いなく越権行為だ。この策が撥ねのけられれば、もう二度と機会は訪れまい。もっとも、そうなった場合はバルドロッシュ軍は敗北し、別の意味でも次の機会は無いだろうが。

「……お前の名はグレンだったな」

ぽつり、とバルドロッシュが言った。

まさか名を覚えられていたとは思わず、グレンは深く頭を垂れる。

「お前の策を採用する。部隊を指揮し、ロウェルミナを奪ってこい」

「——ははっ!」

心の中で、グレンは固く手を握りしめた。

「攻勢に出ましょう」

マンフレッドの陣営にて、ストラングは言った。

これに戸惑うのはマンフレッドと陣営幹部らだ。

「ロウェルミナ軍とバルドロッシュ軍が削り合って消耗するのを待つのではなかったのか？」

マンフレッド軍の方針は、グレンが予想した通りだった。だからこそ、その作戦を覆そうとするストラングに、なぜ、という疑問を皆は抱いた。

そんな疑問を解消すべくストラングは説明する。

「同じ作戦をロウェルミナ側も立てたことで、状況が思った以上に膠着しています。これではじきにバルドロッシュ軍が冷静さを取り戻しかねません」

「状況は包囲しているこちらが圧倒的に有利であるぞ」

「侮ってはなりません。バルドロッシュ軍は精強です。あれが士気を取り戻せば、両軍を相手取った上で戦うことも十分可能になります。そうなる前にもっとバルドロッシュ軍を追い立てて、心身を消耗させなくてはなりません」

「しかしそれでは我が軍が損害を受けて、その後の戦いで不利になるのではないか」

「そこは心配ないでしょう」

マンフレッドの懸念(けねん)にストラングは言った。

「バルドロッシュをこちらが討てば、向こうの正当性は失われます。向こうにとってのベストはギリギリまでこちらに相手をさせて、バルドロッシュだけを倒すことですが、雑兵の集まりであるロウェルミナ軍にはその機会を待つ忍耐も、見極める戦術眼もありません。こちらが攻勢に出れば、ロウェルミナ軍もまた負けじと攻めに出るはずです」

そうしてバルドロッシュ軍とロウェルミナ軍の両軍を疲弊させ、隙を見てバルドロッシュを討つ。そうストラングは説明した。

「……解った、全て任せよう」

「はっ」

マンフレッドの言葉にストラングは恭しく頭を垂れた。

「ロウェルミナ殿下、敵の両軍が動きました」

平野に布陣したロウェルミナ軍の最奥。

周囲を兵で固められた天幕にロウェルミナの姿はあった。

「マンフレッド軍が攻勢に出て、バルドロッシュ軍は防備に徹しているとのことです」

「我が軍はどうしてます？」

「本営から防御に徹するよう指示は出ているようですが、前線の一部では戦闘が始まり、それが徐々に広がっている模様です」

「そうですか……チャンスが来るまでもう少し抑えてほしかったところですが、仕方ありませんね。こちらは寄せ集めの軍勢ですし」

たとえそれが日常的な場面であっても、好機を待つ、というのは想像以上に精神の耐久力を問われる。ましてそれが命を奪い合う戦場ともなれば、難易度は跳ね上がるだろう。

程なくして、なし崩し的にロウェルミナ軍もバルドロッシュ軍と全面的に衝突する。どこぞの陰険眼鏡(めがね)がしたり顔をしていそうだ、とロウェルミナは思った。

「それとも一点、バルドロッシュ軍から少数の部隊がこちらに向かってきているという情報もありましたが……戦闘行為の自重も含めて、本営に防備を促しておきますか?」

「いえ、任せましょう。私が口を挟んでも余計な混乱を招くだけです」

軍の総大将こそロウェルミナだが、実際に指揮しているのは派閥に属する将たちである。将兵が集う本営は彼女のいる天幕から少し離れた場所にあった。

理由はロウェルミナに軍事的な采配(さいはい)をする能力が無いことに起因する。とはいえこれは彼女が軍事に無頓着というわけではなく、意図して距離を取っているためである。

なにせこの時代、政治や軍事は男の社会と言って過言ではない。ただでさえロウェルミナは政治の世界で辣腕(らつわん)を振るっているというのに、更に軍事にまで首を突っ込めば、これはもう全方位から反発を食らうことは明白だ。

ロウェルミナは目的のためならハリケーンだろうと起こす性分だが、起こさなくていいならわざと刺激するような趣味はない。軍を意のままに操りたいという願望もなく、軍事を他者に一任して問題ないのならばそっとしておこう、というのが彼女のスタンスだった。

そして今、ロウェルミナ軍を采配している派閥の人間は、能力的に一流とは言いがたいが——何せめぼしいのは他の派閥にいる——それでもロウェルミナの策が成就するまでの間、軍を統率するだけの能力はあった。

「こちらに向かってくる少数の部隊とやらの狙いは、十中八九私でしょう。私を押さえればこの軍は機能不全になりますからね」

本来ならば戦を指揮する将帥こそが軍の中核なのだが、ことロウェルミナ軍に関しては話が別だ。将帥以上にロウェルミナの身柄が重要なのである。

「でしたら殿下、尚更防備を固めるよう進言すべきでは」

「心配ありませんよ」

ロウェルミナは余裕の表情で応えた。

「私と将帥がいるこの本営を、敵軍が必死で攻め落とそうとしてくることは解りきっています。だからこそ本営の周辺は充実した防衛戦力、攻めにくい地形、それを利用した悪辣な罠で二重三重に固めてあります。バルドロッシュ軍がその半数をこちらに割いたとしても、突破は容易ではないと断言しましょう」

「そ、それでは」

「ええ。突撃してくる敵の部隊が何者かは知りませんが、何の成果も得られず倒れることになるでしょうね。せめて死後の安寧だけは祈ってあげるとしましょうか」

などと余裕を吹かしていた時のことだ。

ざわり、と天幕の外がにわかに騒がしくなった。

「何事でしょうか。見てきます」

確認のためにフィシュが天幕の外に出ていく。

それから十数秒ほどしたところで、血相を変えて戻ってきた。

「殿下！　敵部隊が防衛線を突破しつつあると！」

ロウェルミナの笑顔が凍り付いた。

「走れ！　走れ！　足を止めれば敵の海に呑まれるぞ！」

後続の部下を叱咤しながら、グレンは馬に乗って戦場を疾駆する。

少数精鋭での強襲を任じられたグレンは、今まさにロウェルミナ軍の真っ只中にいた。

当然ながら右を見ても左を見ても敵兵だらけであり、グレン率いる部隊の猛進を止めるべく、次々と敵が殺到してくる。

「邪魔だ！」

しかしそれらの敵兵を、グレンは悉く一蹴した。その勇ましい姿には、背後からついてくる部下たちも鼓舞される。部隊の先陣を切り、されど敵の剣も弓矢ももののともしないグレンの戦いぶりは、まさに獅子奮迅だ。

しかもグレンはただ突き進むばかりではない。

「……方向を転換！　左へ向かうぞ！」

「隊長⁉　ですが正面の方が敵陣が薄く！」

「罠だ。あちらへ行けばすり潰される」

部下にそう応じると、グレンは間近に迫る敵陣を前にして、宣言通り左に手綱を切る。

部下たちも慌ててそれに続き、そしていざ左から回り込んで右方を確認すれば、先ほどの地点では見えなかった場所に敵の伏兵が置かれていた。

「なんと……！」

「隊長はこれを見抜いて！」

部下たちが思わず感嘆の声を上げる。

しかしグレンがその称賛を喜ぶことはない。この程度の芸当もできなくては、あの友人たちに並び立つなどと口にできるはずもないからだ。

（結局、俺は剣を振るうことしか身につかなかった）

軍人の家系に生まれ、軍人になるべく幼い頃から日々弛まぬ努力を積み上げてきた。才能があったとは思わないが、非才であっても努力家であるとは自負していた。事実、同世代の多くは自分の後塵を拝した。そのことは、密かな優越でもあった。

そんな思いを、ウェインたちに木っ端微塵に砕かれた。

解ってはいた。ウェイン、ニニム、ストラング、ロウェルミナ——方向性に差違こそあれど、彼らは誰もが自分に比肩、いや凌駕する程の能力を持っていると。そして彼らの傍にいる以上、その事実に打ちのめされるであろうと。

けれどそれは同時に、望んでいたことでもあった。

負けたくない。

勝ちたい。負けたくない。並びたい。——対等の友人でいたい、という切望。

その想いこそが己を成長させるとグレンは考え、事実としてウェインたちと共に動くようになってから、彼の剣の腕は飛躍的に向上した。

だが格差は埋まらない。

知識、機転、弁舌、器量、胆力——仲間たちは様々な武器を持ち、磨き上げ、更には組み合わせて駆使していた。そうして描き出される成果の、なんと華やかなことか。

対してこの手にあるのは武力のみ。広く長く物事を俯瞰し動かせる彼らに対して、この腕の届く範囲の武にどんな価値がある。成長していく仲間たちを見て、身を焦がされるような思いを抱き、一時は剣を捨てて別の道を模索しようかとすら考えた。自分の中を掘り起こせば、彼らに届き得る原石が他にあるのではないかと。

けれどそうして一つ一つ、自分の中にあるものを見つめ直した結果――この手に残ったのは、やはり剣だった。

ならばこれでいこう、と心に決めた。自分に政治はできない。天才的な戦術も生み出せない。それを認めた上で、ただ愚直に、友人たちから認められたこの剣を磨こう。そうして証明するのだ。たかが剣の腕一つであっても――竜の首には、届きうるのだと。

「隊長！　見えました！　あれが本陣です！」

部下が声を張り上げるまでもなく、グレンも気づいていた。雲霞のごとく押し寄せる敵兵の向こう側に設営されたロウェルミナ軍の心臓部を。

（ロワ……！）

刹那、グレンは敵兵の配置、動き、天幕の位置、それら全てに眼を走らせた。

（司令部はあの中心の天幕。あそこに敵将はいる。しかしこの兵の配置……）

グレンの眼が、中心から離れた天幕に留まった。

その天幕の影から、複数の騎馬が飛び出したのは、ほぼ同時だった。

「殿下、恐れながら退避のご準備を……！」

実際の指揮を任せているロウェルミナ軍の将。

その人物が直々に訪れてそう告げたことで、つまりそれほど事態が逼迫（ひっぱく）しているのだとロウェルミナは理解した。

「ここまで届きますか？　その少数の敵勢とやらは」

口にしてから、意地悪い問いをしてしまった、とロウェルミナは若干後悔した。

「い、いえ、無論そのようなことはありません。精強にして殿下に絶対の忠誠を誓う我が軍なれば、敵兵の手が御身に届くなど決して」

皇族の少女からあのような問いかけをされては、軍を預かる者として、そう答える他にない。

「ですが、戦場に不測の事態はつきもの。万が一……億が一の可能性を思えば、準備を進めておくに越したことはないかと……！」

普通ならば引き下がるところを、こうして粘るということは、やはり今の状況がマズいと感じているのだろう。ロウェルミナ自身、先ほどから肌を刺すような空気を感じていた。

ただし、では言う通りに逃げるかといえば、話は別だ。

敵が迫るこの危機的状況の中で、ロウェルミナの頭脳は恐ろしいほど回転した。

（私は実務の面においては完全に戦場のお荷物……）

その点について異論はなく、むしろ納得している。

しかし完全に役立たずというわけではない。

そして敵としてやってくるのは、恐らくグレンの率いる部隊だ。

理屈ではない。そう感じる。この馬鹿げた進軍速度はきっとあいつだと。そして彼だとするのならば、今ある手札で返り討ちにするなど到底不可能だ。

ならばどうする。

「……フィシュ」

「はっ！」

「危ない橋を、かっ飛ばします」

騎馬が飛び出てきた時、グレンは剣を握る手を強く固めた。

だが刹那、グレンは凍り付く。

理由は二つ。

一つは騎馬が逃げるのではなく、真っ直ぐ向かってきたため。

そしてもう一つは――騎馬の先頭で堂々と姿を晒す、ロウェルミナがためだ。

「ロ――」

グレンだけではない。彼が率いる部隊もまた呆気に取られた。戦場で、ろくな装備もしていない少女が、馬に乗ってこちらに向かってくるなど、異様としか言いようがない光景だった。

ましてその顔には笑みさえ浮かべていたのだ。

その逡巡を、ロウェルミナは見逃さなかった。

「迷いましたね、グレン」

すれ違う瞬間に聞こえた声は、聞き違いではなかったろう。

彼女を乗せた騎馬は、そのまま数騎の供と一緒にグレンたちの横をすり抜け――

逃げるのではなく、兵がひしめく戦場の中へと飛び込んだ。

「なっ――」

驚愕に眼を見開き、しかし次の瞬間、グレンとロワは距離を超越した領域で理解し合った。

(ロワは軍の士気の中心！　士気を保つためには戦場を離れられない！)

(グレンは私の軍を止めるため、私を誘拐する必要がある！)

(まして戦場から退避することは身を守る兵から離れると同義！　それはロワを誘拐せねばならない俺にとって有利ですらある！)

（だからこそ、この一手！　後ろに逃げるのではなく、前に逃げる！　兵がひしめいてる戦場にこそ活路はあります！）

（もしもロワが落馬や矢に当たったことで死ねば、ロウェルミナ軍は怒り狂い、我が軍を攻撃する！　たとえその原因がロウェルミナ軍であったとしても関係ない！）

それは何という困難か。敵が入り乱れ、矢が飛び交う戦場で、あの暴走も同然の馬にひっついているロウェルミナを捕まえ、無事に脱出せねばならないのだ。

「くっ……！」

グレンは振り向く。

奇しくも、あるいは必然か、同じく振り向いたロウェルミナと視線が絡み合う。

ロウェルミナは、にっと笑った。

「さあ頑張ってくださいねグレン！　私が死んだらどっちも終わりですよ！」

「この期に及んで己の命を盾にするか、ロワ――――！」

正直なところ、ロウェルミナはかなり必死だった。

　馬車はともかく馬なんてろくに乗ったことがない。まして馬で戦場を走ったことなど言わずもがなで、だからこそお供の護衛も声を張り上げる。

「殿下！　絶対に手綱は離さないでください！」

「解ってますけど離したらどうなります⁉」

「落ちます！」

「落ちたら⁉」

「死にます！」

　喉奥からの悲鳴は馬蹄の音にかき消された。

（やるんじゃなかった！　やるんじゃなかった！　やるんじゃなかった！）

　しかしやるしかなかった。地面を蹴る振動がダイレクトに伝わって既に吐きそうで、しかし吐いたら絶対落ちるので我慢を強いられてもなお、これしか方法がなかった。

（私が武人を相手取るとしたら、勝ち目は強さをかき集めることではなく、弱さをひけらかすこと！）

　もしも自分が馬車に乗っていたならば、グレンたちは馬や御者を狙って馬車を止めようとするだろう。あるいは防具や武器を装備していたならば、戦う意思ありと考え、容赦なく攻撃してきたかもしれない。

　しかし今の自分の姿はどうだ。寸鉄も帯びず、馬に必死にしがみついてる小娘だ。馬を狙えば地面に落ちて死にそうで、剣を向けて脅せば不名誉の極み。武に誇りを持つ、バルドロッシュ軍の人間であるほどに手を出しあぐねるだろう。

（グレンの部隊の快進撃は、大きな疲労と引き換えのもの！　戦場に不釣り合いな女という立場を全力で利用し、更に時間を稼げば必ずバテます……！）

事実として、彼女の判断は間違っていなかった。

ほとんど単身で逃げるロウェルミナをどう止めればいいか解らず、グレンの部隊の大半はその場で足を止めてしまった。

その内にロウェルミナ軍の兵に絡みつかれ、慌てて振り払おうとするも、一度止まったことで、忘れていた疲労がドッと押し寄せたのだろう。その動きは明らかに鈍い。

このまま行けば、程なくグレンの部隊は呑み込まれる。ロウェルミナはそう確信した。

ただし彼女には誤算、あるいは見えていながらも、見切れていなかった部分があった。

それはすなわち、

一瞬にして護衛を吹き飛ばし、ロウェルミナに追いつくほどの、グレンの武威であった。

「嘘（うそ）お……」

「ロワ！　手綱を寄越せ！」

馬をロウェルミナと併走させながらグレンは叫んだ。

「はあ⁉　嫌ですよバーカバーカ！」

ロウェルミナにとってこの手綱は生命線だ。グレンに持って行かれれば、馬の制御を奪われて止められてしまう。いやその前に手を離したら落ちそうで離せない。

「馬鹿はお前だ！　前！」

言われて前を向く。

大きな岩が迫っていた。

「ギャー！」

グレンは叫ぶロウェルミナの手綱を強引にひったくり、馬首を廻らせる。馬はすんでのところで岩を回避し、そのままグレンの指示に従って足を緩めた。

しかし馬上にあったロウェルミナはその慣性の法則を受け流すことができず、あ、と思う間に馬の背中から滑り落ちた。

「ふぎゃっ」

地面に臀部をしたたかに打って、ロワは情けない悲鳴を上げた。

「痛ったあ……もお！」

「無事か？」

「私のお尻は死にました！」

「元気そうで何よりだ」

グレンは素早く下馬すると、ロワの傍に立った。

「さて、念のため聞いておくが、ここからまだ打つ手はあるか？」

「……ありません」

ロウェルミナはぐったりしながら言った。

自分の命を盾にして戦場を駆け回り、グレンの部隊をすり潰す。そう考えて立てた作戦だが、まさかこんなにもあっさり止められてしまうとは。

「ですが、グレンこそどうするつもりです？　作戦通りとは言いませんが、結構戦場に深入りできましたよ。ここから私を担いで逃げられると？」

少し離れたところには、ロウェルミナ軍の陣形が広がっている。まだ事態に気づいていないようだが、何人かの兵士はグレンとロウェルミナの存在に気づいており、彼女が一声助けを求めれば、すぐさま殺到してくるだろう。そうでなくても、じきに後方から事情を知る追っ手が迫ってくるのは間違いない。

「お前を担いでいれば矢は射られん。後は味方のいる場所まで切り進むだけだ」

「うわあ脳筋的回答。女の子の命を盾にするとかサイテーだと思いますよ」

「お前がそれを言うか」

「私が私のものを使っただけですのでセーフです」

戦場とはまるで不釣り合いな、学校の教室で交わすような言葉の数々。しかしこの二人にとっては、それは何ら不思議ではないことだ。

「手を貸すから後ろに乗れ。落ちないよう俺と縄で縛る」

「完全に荷物ですね……まあいいです、従いますよ」

傍若無人な言動をしつつも、ロウェルミナは大人しくグレンの馬に手をかけた。

「あ、丁寧に扱ってくださいね。さっきから吐きそうなので」

「留意する。……少し意外だな。抵抗はせんのか」

「抵抗したら腹パンでもして黙らせるでしょう？ 嫌ですよそんな痛いの」

その通りなのだが、微妙に釈然としないでいると、ロウェルミナは口を開いた。

「それにグレン、先ほど私はここから打つ手はないと言いましたよね」

「翻(ひるがえ)すのか？」

「いいえ、あれは本心からのものです」

ただし、と。

ロウェルミナは笑って続けた。

「既に手を打っていないとは、言っていませんよ」

グレンの背筋が粟立(あわだ)った。

遙か後方、バルドロッシュの本陣から異変を告げる鐘の音が鳴り響いたのは、その時のことだった。

バルドロッシュ軍とマンフレッド軍の争いは苛烈を極めた。

膠着状態が続くという当初の予想を踏みにじるかのように、徹底的な攻撃に出るマンフレッド軍。そうなればバルドロッシュ軍も黙ってはおられず、反撃に打って出る。

両軍ともに死傷者は積み重なり、さらに止まる気配がないという事実は、両軍の首脳陣に重くのし掛かっていた。

特に戦経験の乏しい、そして各州からの寄り合いであるマンフレッド陣営にとって、この壮絶な我慢比べは想像を絶する重圧だった。

「マンフレッド殿下！　これ以上は戦線が持ちません！」

「先ほどから各所より援軍の要請が！」

「一旦乱戦を解いて後退すべきです！」

矢継ぎ早に届く凄惨な戦況に、陣営幹部たちは悲鳴じみた進言をする。

マンフレッドとてこれには苦しい顔になるが——

「今、手を緩めてはいけません」

傍に立つストラングは冷酷に告げた。

「戦況は有利。ここで下がればこちらが苦しいことを敵に教えることになり、士気を取り戻されましょう。そうなれば勝ちは一層遠のきます」

ストラングの言は事実だ。本来兵の練度だけを見れば、マンフレッド軍よりもバルドロッシュ軍が圧倒的に上になる。しかしただでさえ低い士気に加えて、後背のロウェルミナ軍、ナルシラに駐在するディメトリオ軍までも警戒しなくてはいけないバルドロッシュ軍は、ジリジリと押されている。このまま押し切れるのでは、という思いは陣営幹部たちも抱いていた。

「だがストラング、この戦いはあくまで前哨戦。ロウェルミナとの戦いが残っているぞ」

マンフレッドが指摘する通り、こちらはバルドロッシュ軍だけで力の全てを使うわけにはいかない。これ以上の被害の拡大は避けられるなら避けたいところだ。

「殿下の懸念はもっともです。ですがご安心ください。――あと三手でこの戦いは終わります」

ストラングの宣言にマンフレッドのみならず幹部陣も目を丸くした。

「何を言うかと思えば、確かに我が軍が押しているとはいえ」

「些か誇張がすぎるのではないか」

「そうだ。我らだけではまだ奴の首には届かぬぞ」

口にされる不信を前に、しかしストラングは余裕の態度だ。

「誇張など滅相も無い。事実ですとも」

彼は堂々と言ってのけた。

「どうぞご覧になっていてください。仕込みは既に終わっていますので――」

バルドロッシュ軍とマンフレッド軍がぶつかる最前線に、総大将であるバルドロッシュの姿はあった。

「怯（ひる）むな！　ここを押し返せば相手は必ず崩れる！　今その身がある場所を己の死地とし、決して敵に踏ませるな！」

軍の中心で座して待つ余裕など最早無い。声を張り上げ、剣を振り上げ、兵士たちを鼓舞しながらバルドロッシュは最前線を駆けていた。

（おのれ、こちらが苦しい場面で的確に畳みかけてくるな……！）

向こうに策士がついていることは知っていたが、ここまでのキレとは。どうにか息継ぎをしたいというのに、その暇が一切ない。その分マンフレッド軍にも甚大な被害が出ているというのにお構いなしだ。確実にこちらを仕留めるという鋼鉄の意志がある。

（これほどの被害を出せば後のロウェルミナ軍との戦いに不都合が生じるはず……だというの

に一切の躊躇いがないとは！)

反対側の前線では、今もロウェルミナ軍との戦いが続いている。しかしこちらと比べると戦いの激しさは雲泥の差だ。おかげでマンフレッド軍に力を注げているが——果たしてマンフレッド側がそれをどう思っているのか。

しかしそこまで考えて、バルドロッシュは思考を打ち切った。今は目の前の戦線をどうにかすることが何よりも優先だ。

「殿下！ ロウェルミナ軍に突入した別働隊が敵本陣に届いた様子です！」

部下からの報告にバルドロッシュは人知れず手を握り固める。ロウェルミナさえ確保できればあちらの軍は止められる。そうなれば全力をマンフレッド軍に投入し巻き返せるはずだ。

(あとは別働隊が帰還するまで耐え凌ぐのみ！)

しかしそう考えた刹那、事態が動いた。

「殿下！ 敵部隊が！」

部下の声に顔を上げれば、最前線の隙間をこじ開けるように、複数の敵部隊がこちらの防陣を突き抜けたのをバルドロッシュは見た。すぐさま後続の部隊を呼んで押し潰すべく、部下に指示を出そうとして、それよりも早く、敵部隊は一気にバルドロッシュの部隊に食い込んだ。

「ぬうっ……！」

バルドロッシュの部隊は特に精強な兵で固めている。だというのに一蹴されるどころか、その敵部隊は凄まじい猛攻を見せた。こちらの疲労を含めても、相手が精兵であると確信できる。

窮地だ。しかし同時にバルドロッシュはこうも直感した。

(相手の息切れが近い！)

これだけの精兵、マンフレッド軍にそうはいまい。それを投入したということは、向こうは勝負に出たのだ。

(逆を言えば、ここを捌けば相手の手が止まる！　こちらが一呼吸つく時が稼げる！)

そのために今打てる最適解は何か。

幾多の戦いを繰り広げてきたバルドロッシュはすぐさま解を導き出す。

「後退する！　食い付かれながらでもいい！　後方の部隊と合流するぞ！」

ここで相手の攻撃に耐えるのでは、万が一にも抜かれる可能性がある。背を見せるとしてもあえて後方に退避し、そこで待機している予備兵力と合流して倒すのが最善だ。

そしてバルドロッシュの指示を受けた部隊はすぐさま反転。殿となった者たちが次々と敵部隊に呑み込まれていくが、それでも決して止まることなく後退し、やがて見えてくるのは控えていた味方の大部隊。

(よし、これで――)

捌ける、と。

そう思ったバルドロッシュの眼が、異変を捉える。

控えているはずの味方部隊に騒動が起きている。

何事かと思ったその瞬間、部隊が引き裂かれるように割れ、現れたのは、

「ロウェルミナ軍……!?」

驚愕するバルドロッシュに向かって、ロウェルミナ軍の精鋭部隊は突撃した。

「……ロウェルミナ軍が、バルドロッシュを捕らえた?」

その報告は大いなる衝撃をマンフレッド陣営にもたらした。

「は、はい!　こちらの精鋭部隊が逃げるバルドロッシュ皇子を追い詰めましたが、反対側からロウェルミナ軍もまた部隊を突撃させ、図らずも挟撃のような形になり……」

バルドロッシュを追い詰めるために力を使い果たしていたマンフレッド側の部隊は、ロウェルミナ側の部隊を撥ねのけることができず、バルドロッシュを奪われてしまった、という。

「な、なんということだ……!」

「これでは奴らに正当性が!」

これまで甚大な被害を出しながらも攻勢を仕掛けていたのは、バルドロッシュをこちらの手で討つためだ。それがふいになったのだから、彼らの動揺も無理からぬことだろう。

「――皆様ご安心ください」

そんな彼らの心を落ち着けるように口を開いたのは、全てを指揮していたストラングだ。

「全て私の計画通りです」

その場に居た全員の視線がストラングへと向かう。そして派閥の長たるマンフレッドが、不信を滲ませながらも問いかけた。

「ストラング、この状況でもまだ計画通りだと言うのか?」

「ええ。あと一手で片付きます」

ストラングの言葉に虚勢はなかった。だが、だからこそ不可解だ。ここから一手で挽回などどうするつもりなのか。全員がそのことに考えを巡らせて――

マンフレッドは、その可能性に思い至った。

「っ衛兵!」

「もう遅い」

ストラングが指を弾いた。

同時に幹部たちが詰めている天幕に兵士が雪崩れ込む。

「な、何をする貴様ら⁉」

次々と拘束されていく幹部たち。それはマンフレッドも例外ではなく、天幕にいた面々は一様に取り押さえられた。

ただ一人、ストラングを除いて。

それの意味するところは、最早明白だった。

「——裏切ったな！　ストラング！」

「気づくのが遅すぎましたね、マンフレッド殿下」

主君の——元主君の叫びに、ストラングは笑みで答えた。

「馬鹿な、あいつが裏切るだと……!?」

ロウェルミナが口にした計画を聞いて、グレンは耳を疑った。

「おや、グレンがそこまでストラングの人格を評価しているとは驚きですね」

ロウェルミナがからかうも、グレンは顔を顰めたままだ。

「茶化すな。確かにストラングは必要とあれば人を切れる人間だが、決して不義理でも不条理でもない。ましてあいつには故郷の自治権を得るためマンフレッド皇子につくしか」

そこまで口にして、グレンはハッとなった。

ロウェルミナは笑った。

「ええ、つまりそういうことです」

「皇女を支持する保守派閥が、独断でナルシラに向かったことは知っているでしょう？」

なぜ、どうして。

そんな疑問をありありと浮かべるマンフレッドに、ストラングは言った。

「これにより保守派の権威は傷つき、皇女は保守派に強く出られるようになったのですよ、マンフレッド殿下。そう、保守派が反発していた属州への扱いについてもね」

ストラングが懐(ふところ)から取り出したのは一通の書簡。

そこにあった署名は、ロウェルミナのもの。彼女から送られてきた密書である。

「そ、それは……」

「元々僕がマンフレッド殿下についたのは消去法です。故郷のウェスペイルの自治権について言及してくれるのが貴方(あなた)だけでしたので。……たとえそれが口先だけで、どこまで本心か解らないとしても」

故郷のため、マンフレッドを信じて従う。それしかストラングに手段はなかった。

あるいは、皇帝へと押し上げた後、恐らく約束を反故にしようとしてくるマンフレッドを、どう脅し、宥め、言いくるめるか。それが次の勝負であるとすらストラングは考えていた。

その前提が覆ったのだ。

ディメトリオを引っ張り出すという、ウェインの奇策によって。

「それでも義理はありますし、ロワに負けたくないという気持ちもある。口約束の可能性は向こうも同じですしね。なのでそれだけならば最後まで貴方に付き従うつもりでしたが……」

ストラングは手元の書簡を見下ろしてため息を吐いた。

「まさかあれをロワに嗅ぎつけられていたとはね……」

「ど、どういうことだ⁉」

困惑を口にするマンフレッドだったが、ストラングは頭を横に振った。

「……残念ながら、殿下には最早関係のないことです」

そして容赦なく言い捨てる。

「予定通りバルドロッシュ皇子の身柄はロウェルミナ軍に渡り、それでいてマンフレッド軍の被害は甚大。更に首脳部はこうして拘束された。――終わりですよ、マンフレッド殿下」

淡々としたその宣告が、何よりも重く、冷たく、マンフレッドの臓腑に響いた。

「それで、これからどうします？」

説明を終えたロウェルミナはグレンに問いかけた。

「私を盾にしながらバルドロッシュを奪還するとか、ワンチャンあるかもですが」

冗談のようなことを口にするロウェルミナだが、その顔には真剣味があった。ロウェルミナには戦いの理屈は解らない。それでも、そんな無茶をやりかねないと思わせる武威が今のグレンにはあった。

しかし彼女の思いに反して、返ってきたのはため息だ。

「俺が行けても道中でお前が死ぬ。そうなればやはりバルドロッシュ軍は終わりだ」

いけるんですか……とロウェルミナが戦慄するのを横目に、グレンは遠くへ眼差しを投げた。

「力及ばず、か」

あと一歩とは言うまい。二歩か、三歩か、足りなかった。もっと武を磨けば届いたのか、それともこれが限界だったのか。何にしても決着はついたのだ。

「――参った、俺の負けだ」

グレンは剣を納めて言った。

「降服するゆえ、部下には寛大な処置をお願いしたい」

「っしゃあ！」

ロウェルミナは叫んだ。

「よーしさっさと戦後処理ですよ戦後処理！　うちの本陣に戻りますよグレン！　あ、自刃とか止めてくださいね！　もう私の駒に組み込んでるんですから！」

「そう思うなら駒という呼び方を止めろ」

相変わらずな友人の様子を見て、肩の力を抜きながら、グレンは馬の用意をした。

「そうか、ロウェルミナ皇女が勝ったか」

決着の報せは、ナルシラの館の一室にいるウェインとディメトリオの元にも届いた。

「まさか本当にあやつが至高の座につくとはな」

ディメトリオの口振りにはロウェルミナに対する嫉みと、そして感嘆があった。かつての政敵として、そして彼女の歩んできた困難を知る者としての思いが、言葉に宿っていたのだろう。

「妹だからといって侮ってはいけませんよ、ディメトリオ皇子。最近は私の妹も随分と成長して驚くほどですから」

「ほう、ではナトラからも女王が生まれるか」

「それはそれで面白いかもしれませんね」

肩をすくめるウェインにディメトリオは鼻を鳴らした。

「ディメトリオ皇子はこれからどうされます？」

「せっかくナルシラまで来たのだ。次期皇帝陛下のご尊顔を拝謁していくとしよう。貴様こそこの後はどうするのだ？」

「私は予定通り東レベティア教の教主殿との会談がありますので。その後はディメトリオ皇子と共に、ロウェルミナ皇女にご挨拶するのもいいかもしれませんね」

「それがいい。ロウェルミナの新政権の下で、帝国は再編成されるだろう。今のうちに恩人ぶりを主張しておかねば、捨て置かれるかもしれんからな」

内乱に決着がついたとしても、帝国の混乱がすぐさま収まるわけではない。むしろロウェルミナが帝位につくことで、新たな混乱が生じる可能性すらある。ナトラはロウェルミナと近しい関係にあるが、同盟国として、また隣国として、油断することはできない。

ただ、それでも。

「今日ぐらいは少し浮かれてもいいでしょう」

ウェインは自分と、ディメトリオの手元にあったグラスにワインを注ぐ。

そして二人はグラスを掲げた。

「史上初の女帝の誕生に」

「我が愚妹の更なる困難に」

一人の少女が成し遂げた偉業に、祝福の杯が静かに交わされた。

エピローグ

ロウェルミナ勝利の報せは、すぐさま大陸中を駆け巡った。

当初見向きもされていなかった皇女が、兄皇子たちを破り、皇帝の座を摑んだのだ。これから史上初の女帝が生まれることに、人々は驚き、戸惑った。

各国の首脳陣の反応も様々で、ファルカッソ王国のミロスラフ王子は思わず唸り、ソルジェスト王国のグリュエール王は大きく笑ったという。

そして同盟国たるナトラ王国といえば、

「ほう……帝国に女帝が誕生するとはな」

「ええ。私もびっくりしたわ」

王族の住まう離宮の一室。

そこでフラーニャは、静養中の国王オーウェンにこの一大事件の話をしていた。

「おかげでお兄様は当面帰国できないかもしれないって連絡があったわ。お兄様に会いたいって人で一杯だって」

「ナトラは帝国の同盟国。更にロウェルミナ皇女とウェインの交友関を踏まえれば、仕方のないことであろう。フラーニャは寂しくて泣いてしまうかもしれないがな」

「お、お父様！　さすがにもうそこまで子供じゃないわ！」

「ははは、許せ。親にとって子は幾つになっても子なのだ」

膨れるフラーニャの髪を撫でて宥めるオーウェン。その様子はまさに親子だ。

そして父に撫でられながら、フラーニャはぽつりと言った。

「……それにしても、ロウェルミナ皇女はどうして皇帝になろうだなんて思ったのかしら」

「どういうことだ？」

「だって……大変じゃない。お兄様の代役をしているだけの私でさえ凄く忙しいのに、皇帝だなんてきっと私の比じゃないわ。ただの皇女様でいた方が、何にも煩わされず、穏やかで楽しく暮らせたはずよ」

ナトラへの来訪と、商都ミールタースで、フラーニャはロウェルミナと交流したことがある。明るくて、美しく、利発な人だ。兄とやたら仲がいいのは許しがたいが、それを除けば、とても魅力的だとフラーニャでさえ感じる。それだけに、わざわざ皇帝になどならなくても、幸せな人生はいくらでも送れるだろうにと思ってしまう。

「ふむ……」

そんなフラーニャの疑問に、オーウェンはしばし考えて、

「私はロウェルミナ皇女を直に見たことはないが……伝え聞く人柄を思うに、家臣に唆され

たわけでも、権力欲に取り憑かれたわけでもあるまい」

「だったら、どうして？」

「あったのだろうな。皇帝の地位の先に。目指すものが」

オーウェンの言葉に、フラーニャはぴくりと肩を震わせた。

「幸福とは納得の上に生じるものだ。たとえ国民から愛すべき皇女と扱われ、優雅な生活を送れても、そこに納得がなければ人生には暗い影が付き纏う。あるいはその影との日々を受け入れるのも一つの方法だが……皇女は、そうしなかった。与えられる幸福の未来に納得せず、あえて試練の道に飛び込んだのだ」

強い、とフラーニャは思った。まさに強い心が成せる技だ。きっとそのような人を、気高いというのだろう。

それに対して自分はどうだ。悩みを抱えてぐるぐる同じところを回って。

歳の差など関係ない。たとえ自分が同じ歳で同じ立場でも、皇帝を目指そうと思ったとはとても思えない。人としての圧倒的な差だ。

「……フラーニャ」

「え、あ、何かしら、お父様」

「もしも道に迷うことがあれば、少し自問してみるといい。自分にとって、どうするのが一番納得がいくのかと」

言われて、フラーニャは考える。王女として国を支えるべきか、王として国を導くべきか。果たして、どちらが納得できるか――

「失礼します」

その時、部屋の扉が叩かれて、一人の男が入室した。

白い髪と赤い瞳の壮年の男。国王オーウェンに仕えるフラム人のレヴァンだ。

「陛下、お薬湯と診察のお時間です」

「もうそんな時間か。すまないなフラーニャ、あまり話してやれず」

「……いいえ、お父様。とても有意義だったわ」

診察の邪魔をするわけにはいかない。フラーニャは深々と一礼した。

「今日は下がらせていただきます。お父様、どうぞお大事に」

「うむ。フラーニャも体には重々気をつけるのだぞ」

そうして部屋を辞する娘を見送った後、オーウェンの視線がレヴァンへと向いた。

「それで、何か私に話があるのだな」

「さすが陛下。ご明察です」

「ふっ、そなたと何年の付き合いだと思っている」

オーウェンとレヴァンの口元が小さく綻んだ。長い主従関係の間に育まれた信頼がそこにはあった。しかしだからこそ、レヴァンの眼差しは鋭くなった。

「あまり愉快な話ではありませんが、お耳に入れないわけにはいきません。――我ら、フラム人についてです」

ロウェルミナは帝国が好きだった。

自らの器量が許す限りこの国を愛し、自らの才覚が及ぶ限りこの国に尽くそうと思っていた。

けれど、実力主義を掲げる帝国であってなお、女であるロウェルミナが背負うことを許される役目は、あまりにも狭い。誰一人疑うことなく、誰もが善意と愛情を込めて、女らしく、皇女らしくあれという役目をロウェルミナに押しつけ続けた。

それが嫌で嫌でたまらなくて、塞ぎ込んでいたところで、士官学校を薦められた。

そこでは男子以外に、貴族の女子なども多く過ごしているという。ほのかな期待を胸に、ロワ・フェルビスと名前を偽り、ロウェルミナは士官学校に入学した。

(けれど、結局ここも同じでしたね……)

女子にとっての士官学校は、いわば将来の結婚相手を見繕うサロンでしかなく、誰もが決められた範囲での役目に満足していた。自分の能力と才覚で、思うさま未来を切り拓こうとする意志を持つ者は、どこにも見当たらなかった。

失意。失望。あるいは諦観。そんな思いを抱えながら孤独に過ごしていると、ある日とある噂を耳にした。とても優秀で、けれど規則なんかに囚われない、無茶苦茶な四人組がいるという噂を。

未練がましいと思いながらも、ロウェルミナはその四人組を観察した。

そして、衝撃を受ける。

（この四人は……この人たちは……）

自らの望むことを、望んだ形で叶えるべく、己の力を十全に活用する。

彼らがしていることは、言ってしまえばそれだけだ。

けれど彼らが当たり前のようにしているそれこそが、ロウェルミナがしたくてもできなかったことなのだ。

羨ましい。自分も彼らのように振る舞えたら、と思った。

あるいは、できるのだろうか。自分も彼らのように。

できるのかもしれない。彼らの傍にいれば。

（だったら……！）

ロウェルミナは、一世一代の勇気を振り絞り、彼らに歩み寄った。

「貴方たちに興味があるので、見学しても構いませんか？」

この直後、ウェインに煽り返されたのは、正直、今でも根に持っている。

「あー死にます！　もー死にます！　すーぐ死にます！」

そして現在。

帝位争奪戦の勝利者であるロウェルミナは、帝国の皇宮にて叫んでいた。

「何ですかこの忙しさ！　体が幾つあっても足りませんよこんなの！」

三人の皇子を打ち負かし、ついに女帝の座につく権利を得たロウェルミナ。

まさに人生の絶頂期に至ろうとする彼女だったが、そんな華々しいのは表向きだけの話で、実情は多忙の極み（きわ）にあった。

「いやあ大変そうだね」

「なに他人事（ひとごと）決めてるんですかストラング！」

火の車のようになっているロウェルミナの前で、暢気（のんき）に茶を飲むのはストラングだ。主君を裏切った身でありながら、その態度は実にあっけらかんとしていた。

「貴方も手伝ってくださいよ！　書類仕事できるでしょ！」

「え、やだよ面倒くさい」

「このクソ眼鏡（めがね）がよお……！」

恨（うら）みを眼（め）に込めて睨（にら）み付けるロウェルミナ。

そんな彼女にストラングは言う。

「いやまあ、面倒なだけじゃなく、立場もあるんだよ。思いっきりマンフレッド殿下を裏切っちゃったわけだから、ここで露骨にロワにすり寄ってあんまり目立ちたくないんだよね」

マンフレッド陣営に起きた出来事は、遠からず多くの人々が知るところになり、そして歴史書にすら記されるだろう。今更他人の評価など気にするストラングではないが、恨み辛みは警戒すべきだ。

「何を温いこと言ってるんですか。あんなことしでかした以上、目立たないとか無理筋ですよ。諦めてグレン共々さっさと私の側近になってください」

「ああ、そういえばグレンは？」

「手を貸すにも禊ぎをすませてからじゃないとダメ、とか言って自主的に謹慎してます」

「またらしいことを」

ストラングが苦笑を浮かべるとロウェルミナは吼えた。

「笑い事じゃないですよ！　今は猫の手も必要なんですからね！　ストラングもそうです！　裏切りは最初から私の仕込みだったってことで貴方へのヘイトを減らしますから、一刻も早く私の手駒として働いてください！」

「なるほど、確かにその方が安全かもね」

「はい言質取ったー！　じゃあこの書類の山の半分は貴方の担当ですからね！　無理にとは言

いませんから今から毎秒仕事してください！」

　無理矢理書類を押しつけようとするロウェルミナに、ストラングは参ったとばかりに手をあげた。

「解った解った、手伝うよ。……でもその前に確認したいことがある」

「ウェスペイルのことでしょう？」

　ロウェルミナの眼差しがにわかに鋭くなった。

「改まらなくても、約束は破りませんよ。自治権が認められるよう尽力しましょう」

「そう言ってもらえると嬉しいよ。ただ――僕が気にしているのは、もう一つの方だ」

　ストラングの語気が強まる。

「例の件について、ウェスペイルを罰することはない。これも約束してくれるよね？」

「約束しますよ」

　ロウェルミナは言った。

「ただし、利用しないとまでは約束できませんけどね」

「……何をするつもりだい？　ロウェルミナ」

「決まっているでしょう」

　この後、女帝となる少女の口元に、獰猛な笑みが浮かんだ。

「悪いことですよ」

「うあー、頭いてー……」

帝位争奪戦の決着からしばらく。

今もなおナルシラに滞在するウェインは、ソファに寝転がりながら呻いていた。

「いくらなんでも飲み過ぎよ、ウェイン」

ニニムが苦言を呈するも、ウェインは力なく反論する。

「仕方ないだろ、これだけ人がひっきりなしに挨拶に来るんだから」

ウェインが言葉にした通り、ここしばらくウェインの元には帝国各地から有力者が顔を出していた。これはウェインが同盟国の王族なだけでなく、争奪戦を制したロウェルミナと近しい関係にあるからなのは、考えるまでもないことだ。

そしてウェインとしても、そういった有力者を無碍にすることはできず、付き合いから酒量も増え、こうして頭痛に悩まされているのだった。

「機を見るに敏なのは素直に感心するけれど……こっちでさえこの忙しさなら、ロワの方はとんでもないことになってるでしょうね」

「三秒に一回は死ぬ死ぬ言ってそう」

ウェインも為政者の端くれだ。今のロウェルミナがどれほど多忙の極みにいるか、想像に難くない。

「戦後処理はどうなってる？」

「順調に進んでるみたいよ。バルドロッシュ皇子とマンフレッド皇子、両方を生きて捕らえたことで反発は少ないみたいだし。とはいえ両皇子の派閥を解体して、自分の下で再編成して、戴冠式の準備をしてだから、女帝が君臨するのはもうしばらくかかりそうね」

戦争で相手を倒せば終わりなのは一兵士だけだ。上役にとっては戦いが終結したらしたで新たな仕事がやってくるのである。

「ま、そこも含めてロワの道だ。遠くから応援するとしよう」

「こっちはこっちで、やることはあるものね」

ニニムがそう口にした時、部屋の扉が叩かれた。ウェインが素早くソファから起き上がると、同時に官吏が顔を出した。

「殿下、お客様が到着されました」

「通せ」

ウェインが言うと官吏は頷き、しばらくの後、一人の人物を連れて来た。

「お初にお目に掛かる。私がナトラ王国王太子、ウェイン・サレマ・アルバレストだ」

ウェインはその人物に向かって言った。

「どうぞよろしく――エルネスト殿」

東レベティア教の教主エルネストは、静かに微笑んだ。

ウェインとエルネストの会談が順調に滑り出したのを見届けた後、ニニムは会談が行われている部屋をそっと辞した。エルネストの饗応の手配をするためである。

これがナトラ本国ならばニニムが居なくても準備は進むのだが、いかんせんここは帝国の地。連れてきている使節団の人員にも限りがあり、必然的にニニムが指揮する場面は多かった。

「ニニム様、料理の味付けはこれで如何でしょう？」

「……味が濃いわね。東レベティア教の方は質素なものを好むから、もう少し味を薄めて」

「部屋の調度品は帝国の品でよろしいですか？」

「ええ。ただし食器はナトラから運んできた物を使うように」

「ラークルム隊長から、警備の割り当ての件で確認したいことがあると」

「すぐに行くわ。それと教主の護衛の代表者にも同席するよう伝えてちょうだい」

などと、慣れた様子で随員に指示を出していた時のことだ。

「ニニム様、ただいまナトラより戻りました」

部下からの報告に、ニニムは進めていた仕事の手を止めた。

「ご苦労様。ナトラの様子はどう？　変わりはなかった？」

国元にはフラーニャとそれを支える家臣団がいるとはいえ、この乱世では何が起きるか解らない。そしてナトラに残る者にとっても、帝国の騒乱に首を突っ込んでいるウェインたちがどうなっているのかは気になるところだ。そのためナトラ本国と使節団の間で定期的に伝令を行き来させ、情勢の確認と連絡を密に取っているのである。

「はい。フラーニャ殿下を筆頭に家臣たちが纏まり、つつがなく国政は運営されていました」

「それならいいわ」

そう口にしつつも、ニニムは内心で複雑な思いを抱いた。

ウェインが居なくても無事に回る。それは一国民として歓迎すべきことではあるが、ウェインの家臣としては主君が蔑ろにされかねない懸念がある。とはいえ、それぐらいの扱いの方がウェインも国元で落ち着こうとするかもしれないので、悩ましいが。

「他に報告することはあるかしら？」

「いえ、概ね何事もなく、平和なものでした」

部下の報告にニニムは安心して頷いた。何はともあれ、ナトラが平和ならばそれに越したことはない。饗応の準備に専念できる――と思ったところで、部下が悩ましげに口を開いた。

「……ですがその、一点、気になることが」

これにニニムは眉根を寄せた。

「些細なことでも良いわ。報告なさい」

不穏な気配を感じつつも、聞かないわけにはいかない。ニニムが話を促すと、部下はおずおずと切り出した。

「申し上げにくいのですが……フラム人の間に何やら動きがあるという情報が」

「……何ですって？」

ニニムの顔が、はっきりと顰められた。

「バルドロッシュ皇子は敗北しましたか」

「はっ……申し訳ありません、カルドメリア様」

大陸西部、古都ルシャン。

その地にあるレベティア教の本部、聖王庁の一室にてアイビスは跪いていた。

彼女の前で椅子に座るのはカルドメリア。レベティア教福音局局長にして、アイビスの主人である。

「あの西側への野心を隠さない御方が皇帝になった方が、より大陸に波乱が広まると思っていましたが、少し惜しいですね」

「物資の融通などをしていただきながら、重ね重ね申し訳ありません」

アイビスが頭を垂れるが、実のところ、カルドメリアはさほど結果に執着していなかった。

というのも、バルドロッシュの件はオマケ程度にしか考えていなかったからだ。

「気にしなくてよいのですよ、アイビス。バルドロッシュ皇子については残念ですが、本来の目的は達しているのですから。そうでしょう？　オウル」

カルドメリアの視線がアイビスの傍へと向かう。

そこには隻腕の男、オウルが立っていた。アイビスと同じくカルドメリアの部下だ。

「はい。ご指示通りナトラのフラム人たちに接触し、情報を流すことに成功しました」

「大変結構です」

カルドメリアは満足げに頷いた。

「バルドロッシュ皇子を支援して東の動乱を長引かせた甲斐がありました。ウェイン王子を出し抜くためにも、不在を狙わなくてはいけませんでしたからね」

「カルドメリア様、それではこの後も予定通りに」

「ええ。誠心誠意頑張って、燃え上がるよう見守り、煽り、広めるとしましょう」

カルドメリアは微笑んだ。

「溺れる者は藁をも摑むと言います。ではその藁に心があった時、縋り付く手を払いのけるのか、あるいは共に溺れるのか……とても楽しみですね」

ナトラ王国首都コードベル。

その都の片隅に、身を隠すようにして複数の男たちがたむろしていた。

全員が白い髪に赤い瞳。フラム人だ。

「……聞いたか？　あの話を」

恐る恐るといった様子で男の一人が口火を切った。

「聞いた。だが本当なのか？」

周囲に人目はない。だというのに男たちはしきりに視線を巡らせている。自分たちが口にしようとしていることが、表立って言うべきことではないと理解しているからだ。

「確かな証拠があるとも聞くが……」

「しかし実際に見たという者はいないぞ」

「一族の老人たちならば、真実を知っているのではないか？」

当初、ナトラに住むフラム人の間に広まったそれは、ただの噂のはずだった。

けれどいつの間にか、その噂は輪郭を帯びていた。

「もしも、もしもだ……この話が本当ならば」

「我らにとって大いなる可能性であり、祝福になることは間違いない」

「……ならば、確かめるしかないだろう」

彼らの声に熱が宿る。

「王太子の側近であるニニム・ラーレイ」

「彼女が始祖の直系であるという噂が真実ならば」

「出来るかもしれない。再び、フラム人の王国が――」

願いという輪郭の中で熟成された噂は、やがて真実へと変貌していく。

そしてそれは、フラム人の間で病のように蔓延していった。

「……」
部下からの報告を聞いたニニムは、饗応の手配を終えた上で、一人考え込んでいた。
ナトラのフラム人に不穏な動きあり。
もたらされた報告にニニムは胸をざわつかせた。それ以上の情報がなかったことも、不安をかき立てる要因になった。

ナトラに住む多くの人種がそうであるが、フラム人もまたその歴史的経緯から他の人種に対して距離を取っている。ニニムが利用していた伝令はフラム人ではなかったため、掘り下げようにも入り込めなかったのだ。

(ナトラには族長のレヴァン様もいるし、大丈夫だとは思うけれど)

神ならぬ身であるニニムには、遠いナトラの地で起きていることは解らない。そしてウェインの補佐である彼女は、仕事を放り投げて駆けつけるということもできない。

(政治活動に熱が入ってる程度ですめば……)

自らの権利を主張し、それを手にするために活動することを悪とは思わない。ただしそれが過ぎれば当然周囲からは反発され、敵対することもある。その案配をどうか理解してほしいと願うが、果たして。

(私はフラム人で次期族長……でもそれ以上に、ウェインに仕える補佐官)

優先すべきはウェインの、ナトラの利益だ。

もしもフラム人が暴走すれば、その時は彼らを厳正に処罰しなくてはならない。将来的にはそれがナトラにおけるフラム人の立場の維持にも繋がるはずだ。

ましてフラム人側に肩入れして、ウェインやナトラと敵対するなど、何の意味も――

『ニニムだって、ウェインに挑みたいと思ったことはあるんじゃないかと思ってさ』

不意に、友の声が脳裏を過った。

「……」

友はこうも言っていた。

ウェインと雌雄を決したいなら、今の時代を利用するのが良いと。

なるほど、と思う。もしも自分の立場にあの厄介な友人たちが置かれていたら、これを機に動いたかもしれないが——

「馬鹿馬鹿しい」

自嘲するように小さく笑う。

自分は彼らと違う。ウェインと戦ってみたい、敵になりたいなどと願ったことは、これまでに一度もない。自分は彼の従者。彼は自分の主君。これまでも、これからも、それでいいのだ。

「……さ、ウェインの様子を見に行きましょう」

ニニムは考えを振り払うかのように歩き出した。

遠くない未来に起きる出来事に、気づかないまま。

そして、

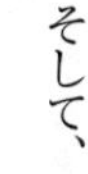

それはもはや忘れられた過去の一幕。

とある少年と少女の、他愛の無い会話。

「いやー、ようやく入学式だな」

「あんまり目立っちゃ駄目よ？　他国の王子様なんだから」

少年の制服のタイを直しながら、少女は苦言を口にする。

「目立たないようにしなくても、迸る俺のオーラがな」

「はいはい」

少女は少年のタイの角度を微調整した後、おもむろに手を離すと、少年から少し距離を取って最終チェック。そして満足した様子で頷いた。

「うん、オーケー。……それにしても驚いたわ。突然帝国に留学だなんて」

「今の調子なら帝国が時代を牽引するだろうからな。敵情視察ってやつさ」

「帝国は同盟国でしょう？」

「これからもそうとは限らない。向こうが打ち切ってくる可能性はあるし、もしかしたら、こっちから蹴っ飛ばすことがあるかもしれないぞ」

「ナトラが帝国を蹴っ飛ばす、ねえ」

国力差を見れば、蹴っ飛ばした足が骨折しそうである。

「ま、ともあれ噂に聞く帝国の士官学校をエンジョイしようじゃないか。できれば面白い奴らがいればいいんだがな」

「面白い、ね。そういう人たちとお友達になりたいの？」

「あるいは、敵に回してもいいかもな」

「……さすがに好戦的すぎじゃない？」

「いやいや、味方にするより敵に回した方が面白い相手ってのは居るんだって」

そんなものかしら、と。

少年の独自の価値観に呆れる少女だったが、ふとした疑問がその時生まれた。

「じゃあ、私はどっち？」

「……」

興味本位の問いかけに、しかし少年は一転して真面目な顔になった。

そしてしばしの沈黙の末、彼は努めて真剣にこう言った。

「その質問はもしかして、昨日こっそりそっちの分のお菓子を食べたのが理由かな？」

「それとは関係ないけれど、それはそれとしてその件についてお話ししましょうか」

「しまった、やぶ蛇だった」

逃げようとした少年の襟首を掴み、少女はこんこんと説教を始めた。

結局それで質問については有耶無耶になり、少年の回答が得られなかったことに気づいたのは、ずっと後になってからだった。

（まあ、敵に回るつもりなんてないけれど）

けれど、と少女は思った。

もし、もしもやむにやまれず、彼の敵になることがあれば。

そうなったら、彼にとって面白い相手になるのが、せめてもの恩返しかもしれないと。

その時が来ることを想像もせずに、少女は思った。


かくして、東の地にて長く続いた蛇の争いは決着を迎えた。

しかしそれは、後に賢王大戦と呼ばれるこの時代の終焉（しゅうえん）を意味するものではない。

次なるページは、今まさにめくられようとしていた——

あとがき

皆様お久しぶりです、鳥羽徹です。

この度は「天才王子の赤字国家再生術11～そうだ、売国しよう～」を手に取って頂き、誠にありがとうございます。

今作のテーマはズバリ「東の決戦」！　大陸東部の動乱はシリーズ初期から続いていたわけで、我ながら遠くへきたものだと思いますが、そこにようやく終止符が……!?

入り乱れる各勢力、張り巡らされる陰謀、ぶつかり合う旧友達と、色々てんこ盛りな内容となっておりますので、是非ともご覧になってください！


それはそれとしてアニメですよ皆さん！

恐らくこの11巻が発売される前後辺りで1話が放送されてると思います。これからという読者の方はどうぞお楽しみに。もう見たよという読者の方は楽しんで頂けたなら幸いです。

ちなみに私は一視聴者として楽しみだなあウフフなんて余裕の態度でいたのが、放映日が近づくにつれて緊張が増してきております。果たして当日まで心が持つのか……！　しかしアニメを見るまでは倒れられない……！　頑張れ……！

そしてここからは恒例の謝辞を。

まずは担当の小原さん。今作で担当変更ということで、今まで大変お世話になりました。いやほんとデビューからずっと10年以上お世話になっていたので割とかなり衝撃でしたが、もうひな鳥ではないので次の担当さんの下でも頑張ります……！

イラストレーターのファルまろ先生。今回も素敵なイラストありがとうございます。東の決戦だけあって特にロワの絵が一杯で、これには読者も作者もニッコリです！

読者の皆様にも感謝を。シリーズ初期から絶えない応援におかげで今作も無事に出版することが出来ました。そんな皆様と一緒にアニメを楽しみに出来るのが本当に嬉しいです。シリーズのラストまで、どうぞよろしくお願いします。

またスマホアプリのマンガUP！様にて、えむだ先生のコミカライズも好評連載中です！原作三巻に突入し、あのキャラやあのキャラも出てきて盛り上がっていますよ！


さて、東の決戦を描いたことで、必然的に残る舞台も見えてきました。

誰がその舞台に上がり、あるいは降りるのか。そしてそこでどんな物語が演じられるのか。自分が書き手であるにも関わらず、ドキドキしております。

そんな思いが読者の皆様にも伝わるよう頑張って書きますので、どうぞご期待ください。

それではまた、次の巻でお会いしましょう。

ファンレター、作品の
ご感想をお待ちしています

〈あて先〉

〒106－0032
東京都港区六本木2－4－5
SBクリエイティブ（株）
GA文庫編集部 気付

「鳥羽　徹先生」係
「ファルまろ先生」係

本書に関するご意見・ご感想は
右のQRコードよりお寄せください。

※アクセスの際や登録時に発生する通信費等はご負担ください。

https://ga.sbcr.jp/

天才王子の赤字国家再生術 11
～そうだ、売国しよう～

発　行　2022年1月31日　初版第一刷発行
2022年7月12日　第二刷発行
著　者　鳥羽　徹
発行人　小川　淳

発行所　SBクリエイティブ株式会社
〒106－0032
東京都港区六本木2－4－5
電話　03－5549－1201
03－5549－1167（編集）

装　丁　冨山高延（伸童舎）

印刷・製本　中央精版印刷株式会社

ISBN978-4-8156-1459-1

Printed in Japan　GA 文庫

試読版は
こちら!

試読版は
こちら!

試読版は
こちら!

試読版は
こちら!